그 여름,
트라이앵글

오채 장편소설

비룡소

아름답다의 아름은 알음알음의 알음, 앎의 대상이다. - 김현

삶이 다하는 그날까지
알음알음, 삶의 의무를 다하는 모든 이에게.

차례

1
평화여 어서 오라

베란다에 서서 머리를 잔뜩 내밀고 옥상을 올려다보았다. 한참을 귀 기울여도 아무런 인기척이 나지 않았다. 지금 나가면 이따 놀이터에서 자연스럽게 맑은 아저씨와 만날 수 있을 것 같았다. 줄넘기를 챙겨 거실로 나가자 할아버지가 텔레비전 앞에서 꾸벅꾸벅 졸고 있었다.

"할아버지, 들어가서 자요. 응?"

언제나 그렇듯 할아버지는 번쩍 눈을 뜨더니 고개를 내저었다.

"나 안 자. 이거 다 봐야 혀."

"나 운동 갔다 올게요."

아래층으로 내려가자 형태 아줌마가 간판 불을 막 끄고 있었다. '몽마르뜨 언덕 위'가 몇 번 깜빡이더니 이내 스르르 불빛을 감췄다.

"소월! 어디 가?"

그냥 지나가려고 했는데 아줌마한테 들키고 말았다.

"운동이요! 변비에 운동이 좋다고 해서요."

문을 잠그고 나온 아줌마는 내 아랫배를 보며 한마디 했다.

"너, 변비약 먹는 건 아니지? 그거 속 다 버리는 거야. 아무리 똥이 안 나와도 변비약은 안 돼. 응? 아줌마가 챙겨 준 함초 꾸준히 먹으란 말이야. 함초만 꾸준히 먹어도 변비는 깨끗한데. 말좀 들어. 응?"

"에이, 아줌마! 제발! 오늘 아침처럼 사람들 앞에서 내 변비얘기 하기만 해요. 그럼, 저 이제 아침 안 먹을 거니까. 아셨죠?"

"아휴, 무서워. 가족보다 더 끈끈한 사람들인데 유난은. 위험하니까 몇 바퀴 돌고 바로 와. 알았지?"

아줌마가 올라가고 다시 한 번 옥상을 올려다보았다. 맑은 아저씨 집에 불이 켜져 있었다. 아줌마가 집에 들어갔는지 2층도 불이 켜졌다. 나는 불이 켜진 우리 빌라를 볼 때 가장 안심이 된다. 나의 가장 가까운 사람들이 모두 안전하게 자기 자리를 지키고 있으니까. 지하에 있는 '고흐 화방'은 아직도 간판에 불이 들어와 있었다. 나는 길가에 있는 고흐 화방 창문을 세게 두드렸다.

"할아버지! 간판 불 안 꺼졌어요!"

조금 있으니까 고흐 화방 간판도 불이 꺼졌다. 화방 할아버지도 우리 할아버지처럼 텔레비전 앞에서 꾸벅꾸벅 졸았을 것이다. 아저씨가 내려오기 전에 서둘러 놀이터로 향했다.

줄넘기를 몇 개 하지도 못했는데 갑자기 배가 아파 왔다. 호흡을 조절하며 최대한 자연스럽게 화장실로 달려가다시피 걸어갔다. 리모델링 공사를 끝낸 화장실은 몰라보게 바뀌어 있었다. 천장에 매달린 방향제에서 '칙' 소리가 났다. 화장실 안에 프리지아 향이 번지자 절로 미소가 지어졌다. 새 단장을 한 화장실은 잔잔한 클래식 음악이 흐르고 못 보던 명언 카드까지 걸렸다.

산다는 것은 권리가 아니라 의무다.

멍하니 문에 걸린 명언을 쳐다보았다. 가만히 곱씹어 볼수록 찜찜한 말이었다. 할아버지마저 나를 떠나면 미련 없이 세상을 떠나겠다고 생각하던 나니까. 저 말을 한 사람이 과연 인생의 쓴맛을 알고 저런 말을 했나 싶었다. 점점 뱃속을 누군가 할퀴는 것처럼 기분 나쁘게 배가 아팠다. 이제 거의 다 왔다. 이 고통만 참으면 나는 원래대로 돌아갈 수 있다.

"평화여 어서 오라……."

11

드디어 참을 수 없을 것만 같던 고통이 지나가고 장이 비워지기 시작했다. 일주일 만에 장을 비우니, 코를 틀어막아도 냄새를 피할 수 없었다. 냄새 제거를 위해 변기 레버를 내리고 다시 볼일에 집중했다. 변기 레버를 네 번 더 내린 끝에 화장실을 나올 수 있었다. 언제쯤이면 깨끗하고, 맑고, 자신있게 화장실을 나설 수 있을지. 다행히 맑은 아저씨는 보이지 않았다.

"댁이 뭔데 지랄이야? 젠장, 가던 길 가시라고!"

놀이터 구석에서 담배를 피우던 중학생들이 한 남자를 둘러싸고 소리를 질렀다. 보나마나 지나가던 어른이 훈계를 했을 테지. 요즘이 어떤 세상인데 훈계란 말인가. 그것도 대한민국 중학생에게. 우르르 모여 있던 학생들이 그 남자를 바닥으로 내동댕이쳤다. 그러고는 너 나 할 것 없이 발길질을 해댔다. 아무리 간섭을 했다지만 심하다 싶었다.

"거기, 뭐하는 거야!"

맑은 아저씨였다. 훤칠한 키에 근육질의 아저씨를 보고 중학생들은 슬그머니 도망가 버렸다. 애들이 물러나자 아니나 다를까, 술에 취한 남자가 비틀거리며 일어났다.

"담배는 안 돼! 폐암을 일으키는 독성이 잔뜩 들어 있걸랑! 너희들은 대한민국의 미래걸랑!"

혀 꼬부라진 소리로 주정을 하는 남자를 맑은 아저씨가 부축하며 물었다.

"괜찮으세요? 다친 데 없으세요?"

오늘은 난데없이 나타난 불청객 때문에 맑은 아저씨와 우연한 만남을 가장하기는 어려울 것 같았다. 이어폰을 귀에 꽂고 집으로 걸음을 옮겼다. 노래를 흥얼거리며 걷는데 뒤에서 인기척이 느껴졌다. 뒤돌아보니 시원이가 서 있었다.

"콱! 놀랐잖아!"

멋쩍은 웃음을 지으며 시원이가 내 귀에서 이어폰을 가져갔다. 나는 재빨리 정지 버튼을 눌렀다. 시원이가 이어폰을 도로 내밀며 불쌍한 표정을 지었다.

"나도 한번 들어 보자. 우리 사이에 그것도 안 돼?"

시원이 눈빛이 하도 애절해서 편의점 앞 벤치에 앉았다. 카세트를 무릎에 올려놓고 재생 버튼을 꾹 눌렀다. 그러고는 시원이에게 이어폰을 건넸다. 시원이는 바이올린 가방을 조심스럽게 무릎에 올려 두고 경건한 자세로 이어폰을 받았다. 재생 버튼을 누르자 산울림의 노래가 나왔다.

안녕 귀여운 내 친구야. 멀리 뱃고동이 울리면 네가 울어 주렴. 아무도 모르게 모두가 잠든 밤에 혼자서, 안녕 내 작은 사랑아. 멀리 별들이 빛나면 네가 얘기하렴, 아무도 모르게 울면서 멀리멀리 갔다고······.

13

바람을 타고 라일락 향기가 날아왔다. 라일락 향기를 맡으며 옆에 앉은 시원이 얼굴을 바라보았다. 무덤덤한 표정을 보니 시원이한테는 이 진한 꽃향기가 느껴지지 않는 것 같았다.

"한 번 더, 들어도 돼?"

노래가 끝나자 시원이가 물었다. 하는 수 없이 되감기 버튼을 눌렀다. 요란한 소리를 내며 테이프가 돌아갔다. 정지 버튼을 누르고 다시 재생 버튼을 눌렀다. 시원이는 그런 나를 물끄러미 쳐다보며 말했다.

"나도 이런 거 하나 살까? 왠지 있어 보인다."

나도 모르게 헛웃음이 나왔다. 온갖 스마트 제품을 다 갖고 있는 녀석이 이런 골동품을 부러워하다니. 고등학교 입학식 날, 할아버지는 엄마의 유품인 이 카세트를 주었다. 이제는 내가 갖고 있어도 될 것 같다고. 할아버지는 카세트와 함께 두 개의 테이프를 주었다. 엄마가 좋아했던 노래를 모아 놓은 '나의 베스트'라는 테이프와 내 첫 울음소리를 녹음하기 위해 준비해 두었던 테이프였다. 그 테이프에는 처음 듣는 엄마 목소리가 녹음되어 있었다. 엄마 목소리를 처음 들었던 날 알았다. 내가 얼마나 엄마를 그리워했는지……

"한 번만 더 듣자. 응?"

다시 되감기 버튼을 눌렀다. 착착착 돌아가는 테이프 소리가 오늘따라 내 마음에 더 감겼다.

"이 노래 슬픈 듯하면서 아름답다. 혹시 이 노래 주인공이 죽었나? 찾아볼까?"

시원이는 곧장 스마트폰을 꺼내서 검색을 시작했다. 아직까지 2G폰을 쓰는 나로서는 이런 행동이 어색하기만 하다.

"노래 제목이 뭐야?"

나는 카세트에서 테이프를 꺼내 제목을 훑어보았다.

"「안녕」. 산울림 노래."

스마트폰으로 검색하던 시원이가 시무룩한 표정을 지었다.

"이거, 오래전 영화 주제가였대. 이 노래 주인공이 진짜 죽었대. 그러니까 더 슬프다."

"자살?"

시원이가 고개를 내저었다.

"아니, 백혈병."

삐뚜름하게 앉아 있던 자세를 고쳐 앉고 시원이 손에서 스마트폰을 뺏어 들었다. 스무 살까지만 살고 싶다며 라디오에 사연을 보내던 소녀는 결국 그 꿈을 이루지 못했다. 세상에 이런 꿈이 있나 싶었다. 밤이 되면 아침이 오듯, 누구나 스무 살이 되는 건 줄 알았는데⋯⋯.

"나는 언제쯤 내 맘대로 살 수 있을까?"

한숨을 뱉으며 시원이가 말했다.

"왜, 또 뭐가 불만인데."

바이올린 케이스를 만지작거리며 시원이가 말했다.

"사는 게 재미가 없어. 뭘 해도 재밌지가 않아."

"누군 재미있어서 사냐? 원래 사는 건 다 재미없어."

시원이는 아무 말도 하지 않고 발로 바닥만 툭툭 찼다. 나도 모르게 시원이의 바이올린 가방에 눈이 갔다. 오천만 원짜리 바이올린을 들고 다니는 녀석이 사는 게 재미없다고 한다. 시원이는 모른다. 다 가진 사람이 덜 가진 사람 앞에서 이런 말 하는 건 덜 가진 사람을 더 비참하게 한다는 걸.

"여어! 형제들!"

형태가 느긋한 걸음으로 한 손을 흔들며 다가왔다. 창조예고 교복을 말끔하게 차려입고 화통까지 어깨에 걸치고 있으니 영락없는 창조예고 학생 같았다. 예고 재수생인 형태에게 창조예고 교복이라니, 웃음이 나왔다.

"그 복장은 또 뭐냐?"

형태는 우쭐한 표정으로 한 바퀴 돌며 말했다.

"어때, 죽이지? 우리 엄마가 이번에 새로 뚫은 강의 듣고 왔는데 꿈을 현실로 앞당겨야 한단다. 비록, 지금은 재수생일지라도 이 교복을 미리 입음으로써 나는 창조예고를 현실로 앞당긴다는 그런 말씀."

아줌마가 또 새로운 강의로 갈아탄 모양이다. 새로운 강의와 새로운 교육서들을 접할 때마다 아줌마 교육 방침은 매번 바뀌었다. 나는 진심으로 걱정스러워 물었다.

"그럼, 미용실은?"

형태는 깜짝 놀란 듯 소곤거리는 목소리로 말했다.

"어허! 그런 중차대한 사안을 함부로 발설하면 어뜩하냐. 지금 갔다 오는 길이야. 오늘도 세 시간 내내 샴푸하고 빗자루질만 했다. 아, 그림만 그리던 이 고운 손에 스크래치가 좍좍 나고 있다. 근데, 행복하다? 우리 엄마가 편하게 나를 미용고등학교에 보냈으면 얼마나 좋았을까."

행복하다는 형태를 사는 게 재미없다는 시원이가 걱정스럽게 바라보았다.

"아줌마가 너 독서실에 안 가고 미용실에서 알바 하는 거 알면 쓰러질 텐데."

형태는 얼른 시원이 입을 막으며 주위를 두리번거렸다.

"아하하, 자식! 그러니까 니들이 협조를 잘해야지. 난 당분간 고분고분 이렇게 교복 입으라면 입고, 레슨도 잘 받을 거니까 그렇게들 알아라. 형제들!"

형태 하나만 보고 산다는 아줌마의 넋두리가 떠올랐다. 사고뭉치 형태의 비밀 때문에 아줌마를 볼 때마다 죄를 짓는 기분이었다. 아줌마의 꿈과, 형태의 꿈은 달라도 너무 다르다. 미술을 그만두고 미용고등학교로 가겠다는 형태와 그것도 학교냐며 식음을 전폐했던 아줌마. 결국, 마음 여린 형태는 아줌마의 고집에

지고 재수를 선택했다. 부모와 자식은, 뭐가 이리 복잡한 건지. 그나마 다행이다. 나는 내 인생에 간섭할 부모가 없으니까. 이렇게 위안을 삼아도 어딘지 모르게 쓸쓸해지는 이유는 뭔지.

내가 일어서자 두 녀석도 따라 일어났다. 시원이가 바이올린 가방을 어깨에 메자 형태가 어깨동무를 했다.

"형제여, 왜 이리 기운이 없어! 중간고사 걱정돼서 그래? 왜 엄살 피우고 그래. 우리 엄마의 로망, 대한민국 최고의 창조예고 수석이!"

"우리 엄마는 그깟 걸로 절대 만족 못해."

시원이는 축 처진 어깨로 웅얼거리듯 말하고는 집으로 갔다. 나와 형태는 상수 빌라로 들어갔다. 이웃에 사는 형태가 손을 흔들며 먼저 들어갔다. 엄마 몰래 사고 치고 다니는 간 큰 녀석답지 않게 형태한테는 늘 여유가 느껴졌다.

"산책 나간다더니 왜 이리 늦어. 세상이 요지경이여."

텔레비전에서 눈을 떼지 않은 채 할아버지가 말했다.

"응, 시원이랑 형태 만났어. 할아버지 아직 안 잤어?"

할아버지는 텔레비전을 끄고 자리에서 일어났다.

"이제 잘겨."

누군가 소심하게 현관문을 두드리는 소리에 방으로 들어가던 할아버지가 뒤를 돌아보았다. 우리 빌라는 오래된 빌라라 초인종이 없다. 노크 소리는 잠시 멈췄다가 다시 들려왔다. 할아버지가 현관에 대고 물었다.

"화방이여?"

"어르신, 저 옥탑방 청년입니다."

할아버지가 놀란 얼굴로 나를 쳐다보았다. 맑은 아저씨라는 말에 나는 얼른 옷매무시를 매만졌다. 할아버지가 문을 열자 맑은 아저씨가 잔뜩 술에 취한 남자를 부축한 채 꾸벅 인사를 했다.

"이분이 자꾸 여기가 집이라고 해서요……."

고개를 푹 숙이고 늘어져 있는 남자를 들여다보던 할아버지가 놀란 얼굴로 말했다.

"아니, 김 서방!"

김 서방이라니, 별안간 온몸에 소름이 돋았다. 내 마음속에서 죽은 아빠, 다시는 보고 싶지 않던 아빠라니.

할아버지가 아빠를 부축하며 말했다.

"어서, 안으로."

나만큼이나 놀란 맑은 아저씨는 허둥지둥 아빠를 거실로 들여놓았다. 아빠는 거실에 무릎을 꿇고 머리를 푹 숙였다.

"자아앙인어른, 맨 정신으로 올 수 없어 술 한잔 했걸랑요. 자아앙인어른! 사아랑하는 장아앙인어른! 우리 소월이는……"

아빠가 힘겹게 머리를 들어 올리고 나를 올려다보았다. 나는 얼른 고개를 돌려 버렸다. 맑은 아저씨는 밖으로 나가더니 커다란 짐가방을 들고 와 바닥에 내려놓았다. 내가 들어가도 될 만큼 큰 가방이었다. 분위기가 파악된 맑은 아저씨는 얼른 신발을 꿰어 신고 나갔다.

할아버지가 아빠 앞에 앉았다.

"아이. 이 사람아. 어디 있다가 이제 나타난겨."

"자아, 장인어른, 제가 정말 떳떳하게 나타나고 싶었걸랑요. 근데 인생이 맘대로 안 되걸랑요······."

혀 꼬부라진 소리로 주절대는 아빠를 보고도 이 상황이 믿기지 않았다. 아까 놀이터에서 중학생들한테 발길질을 당하던 사람이 아빠였다니.

"그래, 이 사람아. 어디서 뭘 하다 이제야 나타난겨."

무릎을 꿇고 머리를 좌우로 흔들며 아빠가 말했다.

"자앙, 장인어른, 저 이제 저엉신 차렸걸랑요. 저를 가족으로 받아 주시면 성실하게 일도 하고 우리 소월이 뒷바라지할 자신 있걸······."

하려던 말도 다 끝내지 못한 채 아빠는 그대로 고꾸라졌다. 기가 막혀서 아무 말도 나오지 않았다.

할아버지에게 물었다.

"어쩔 거예요?"

"뭘······."

또 나왔다. 할아버지의 뭘. 이렇게 중대한 문제 앞에서 모르쇠를 하다니. 할아버지가 무슨 생각을 하는지 훤히 보였다.

"절대 안 돼. 우리 버리고 간 사람이야. 그런 사람이 이제 와서 가족이 될 자격이 있어?"

할아버지가 차가운 눈초리로 날 쳐다보았다. 할아버지가 날 그렇게 쳐다본 것은 처음이었다. 순간, 할아버지까지 미워졌다.

"그래도 아빠여. 난 너 그렇게 버릇없게 안 가르쳤어. 부모 자식 간은 핏줄로 이어진 천륜이여. 그것을 맘대로 확 끊고 그럴 수 있어? 잠자코 있어 봐. 내일 술 깨면 얘기해 볼겨."

끙, 소리를 내며 할아버지가 일어났다. 더 이상 뭐라고 말을 붙일 수가 없었다. 내 말이라면 무엇이든 다 들어주던 할아버지라서 더욱 그랬다. 잔뜩 움츠러든 어깨로 방으로 들어가는 할아버지를 보자 머리가 더 복잡해졌다. 거실에 대자로 누워 코를 고는 아빠를 갖다 버릴 수만 있다면 버리고 싶은 심정이었다.

"소, 소월아, 아빠 자신 있걸랑……."

아빠는 잠꼬대마저도 한심했다. 맑은 아저씨한테 이런 한심한 상황을 들키다니, 아빠 때문에 내 자존심이 너덜너덜해지는 것 같았다.

방으로 들어와 카세트에 엄마 목소리가 담긴 테이프를 넣었다. 재생 버튼을 누르자 엄마 목소리가 나왔다.

아가야, 이제 며칠 있으면 널 만나. 넌 어떻게 울까? 네 울음소리 녹음해서 엄마가 이다음에 너한테 꼭 들려줄게. 우리 곧 만나자!

엄마 목소리는 금방 끝나 버렸다. 빈 테이프가 공허한 소리를 내며 돌아갔다. 다시 되감기 버튼을 눌렀다.

'이 테이프에 녹음하던 엄마를 만날 수 있다면……'

되감기를 할 때마다 나도 모르게 엄마가 녹음했던 그 시간으로 가고 싶다는 부질없는 바람이 들었다. 그런 마법 같은 일이 일어난다면, 이 세상에 태어나는 어리석은 일 같은 건 하지 않을 텐데. 누가, 왜, 내 허락도 없이 나를 저런 아빠 자식으로 태어나게 했을까. 카세트를 한참이나 노려보다가 나도 모르게 녹음 버튼을 눌렀다.

"차라리 낳지 말지……'

정지 버튼을 누르고 되감기 버튼을 눌렀다. 밝고 상기된 엄마 목소리에 이어 무미건조한 내 목소리가 들렸다. 희한하다. 십칠 년 전 엄마 목소리에 이어 십칠 년 뒤 내 목소리. 우리 목소리는 불행하게도 전혀 닮지 않았다. 엄마 목소리는 내 목소리보다 훨씬 밝고 높은 톤이다. 도대체, 엄마는 아빠의 어떤 점이 좋았을까? 내 눈앞에 나타난 아빠는 구질구질할 뿐인데. 아빠가 손님으로 오지 않았다는 것은 확실했다. 거실에 덩그러니 놓인 커다란 가방이 아빠의 현실을 말해 주고 있었다. 저런 아빠와 살아갈 앞으로가 암담하기만 했다.

"이대로는 안 돼!"

할아버지와 담판을 지을 생각으로 방문을 열었다. 어두운 거실에 웅크리고 앉아있는 할아버지가 보였다. 아빠한테 이불을 덮어 주는 할아버지 뒷모습이 처량하기 그지없었다. 할아버지는 그렇게 한동안 아빠를 쳐다보더니 눈물을 훔쳤다. 할아버지가 우는 모습을 처음 보았다. 조용히 문을 닫고 내 방으로 들어왔다.

"진짜 그지 같다!"

괜한 베개를 발로 찼다. 지금 당장이라도 아빠라는 사람을 내쫓을 수도 있다. 하지만 할아버지 마음을 아프게 하는 일은 절대 할 수 없다. 할아버지는 내 전부니까.

낮에 사 온 빵이 책상에 덩그러니 놓여 있었다. 빵 봉지를 열자 빵 냄새가 훅 올라왔다. 왈칵, 눈물이 쏟아졌다. 이제 시집가기는 다 글렀다. 누가 이런 아빠를 둔 나를 며느리로 받아 줄까. 차라리 고아가 백번 천번 낫다. 차라리 나타나지 말지, 그냥 혼자 조용히 살지. 아무에게도 말 못한, 나의 유일한 꿈은 화목한 가정을 꾸리는 거였다. 아이들을 위해 빵을 굽고, 쿠키를 만드는……. 꼭, 그런 엄마가 되고 싶었다. 이제 다 틀려 버렸다.

가끔 아빠가 어떤 모습으로 살고 있을까 궁금하기도 했다. 그래도 아빠니까. 언젠가 만날지도 모르니까. 하지만 이건 아니다. 이렇게 찌질하고 초라한 모습이라면 나타나지 말았어야 옳다.

핏줄이라는 말이 끔찍하게 싫었다. 자를 수만 있다면 그 핏줄을
싹둑 잘라 버리고 싶었다.

문자 알림음이 울렸다. 시원이였다.

아까 그 노래 계속 듣고 있어. 생명 기증 같은 거 있으면 참 좋겠다.
살고 싶은 맘 없는 사람은 생명 기증하고 떠나게. 더 살면 뭐가 달라질
까……

진짜 살기 싫은 사람은 난데, 시원이가 선수를 쳤다. 시원이
말처럼 더 살면 뭐가 달라질까 싶었다. 내 안에서 끓어오르는 분
노를 애먼 시원이한테 풀었다.

배부른 소리 하지 말고 잠이나 자라!

답장이 없었다. 그냥 모른 척 위로해 줄걸 그랬나 보다. 우리
셋 중 가장 정상적인 가정에서 가장 정상적으로 사는 시원이다.
새삼스레 시원이를 처음 만났던 일이 떠올랐다. 형태가 우리 빌
라에 이사 온 그해 첫 겨울이었다. 우리 빌라에서 조금만 걸어가
면 근사한 이층짜리 주택들이 있다. 그 주택들 중, 몇몇 집은 크
리스마스 시즌이면 크리스마스리스를 대문에 걸어 두곤 했다.
우리는 그 아름다운 리스가 대문에 쓸쓸히 매달려 있는 것보다

24

따뜻한 방으로 들어오는 게 낫다고 생각했다. 형태와 내가 까치발로 서서 크리스마스 리스를 뜯으려고 한참 동안 낑낑대고 있을 때였다.

"그거, 안 떨어져. 엄마가 철사로 꽁꽁 묶어 놓은 거야."

대문 안쪽에서 우리를 걱정스럽게 보며 시원이가 말했다. 며칠 뒤, 시원이를 골목에서 다시 만났다. 시원이 손에는 손바닥만 한 작은 리스 두 개가 들려 있었다.

"너희 만나면 주려고 찾아다녔어."

그때 시원이한테 받은 리스를 집에 오자마자 쓰레기통에 버려 버렸다. 그렇게 갖고 싶던 리스를 막상 갖게 되자 기분이 나빴다. 형태와 시원이한테는 있고, 나한테만 없는 엄마. 엄마도, 아빠도 없다는 사실이 너무나 창피하고 자존심이 상했던 그 시절. 근사한 직업에, 자상하기까지 한 부모님이 있는 시원이를 볼 때마다 세상이 불공평하다는 생각을 자주 했다. 무엇보다 시원이 집 거실에 걸린 엄청난 크기의 가족사진을 볼 때마다 그 생각은 더 확고해졌다.

'첫! 그런 녀석이 살기 싫다고?'

문득 화장실에서 봤던 명언이 떠올랐다. 어느 배부른 사람이 그딴 말을 했는지 욕이라도 실컷 하고 싶었다. 인터넷 검색창에 명언을 입력하자 수많은 글이 올라왔다. 그중 어느 블로그를 클릭했다.

꼬박 십삼 년 동안의 요양 생활, 스스로의 힘으로는 아무것도 할 수 없던 시절. 자신이 폐품이나 마찬가지라고 생각했던 미우라 아야꼬는 차라리 죽는 편이 낫다고 생각한다. 그때, 찾아온 친구로부터 "산다는 건 권리가 아니라 의무예요."라는 말을 듣고 마음을 추스른다. 그 뒤로 그녀는 절망의 시간들을 이겨내며 소설을 썼고 소설이 당선되면서 베스트셀러 작가가 되었다.

알지 못하는 누군가에게 욕이라도 실컷 할 생각이었는데 아무 말도 할 수 없었다. 어릴 때부터 말썽 한 번 부린 적 없는 시원이가 살고 싶지 않다고 했다. 나는 시원이한테 문자를 보냈다.

삶은 권리가 아니라 의무래. 딴 생각하지 말고 자라.

자비를 베풀고 싶은 마음도 잠시, 아빠가 코고는 소리가 내 방까지 들려오자 참을 수 없는 분노가 끓어올랐다. 머리가 터질 것만 같다.

'아…… 평화……'

2
우리가 태어났다

거실에서 딸그락거리는 소리에 눈이 떠졌다. 거실로 나가자 아빠가 나를 붙잡았다.

"소월아, 쌀이 안 보인다……."

나는 아빠를 못 본 척하고 화장실로 들어갔다. 우리 집은 밥을 하지 않기 때문에 당연히 쌀이 없다. 아빠가 우리 집에 대해 아무것도 모른다는 사실이 어쩐지 통쾌했다. 할아버지는 오늘 화방 할아버지랑 산에 가는 날이라서 일찍 나간 모양이었다. 어쩌면 나와의 담판을 미루기 위해 부러 산에 갔는지도 모른다. 샤워를 하고 나왔는데도 아빠는 여전히 쌀을 찾고 있었다. 싱크대 문이란 문은 다 열어 놓은 채. 당연히 아빠는 나한테 물어볼 수가 없었다. 내가 아빠를 투명 인간 취급했으니까.

아빠 때문인지 오늘따라 드라이도 잘 안 됐다.

"에이, 단발머리는 드라이가 생명인데. 이게 다, 아빠 때문이야."

한번 꼬이면 계속 꼬이는 걸 알기에 드라이기를 내려놓고 머리를 묶었다. 아빠와 조금도 같은 공간에 있고 싶지 않아 서둘러 집을 나왔다. 아빠가 뒤쫓아 나오며 나를 불러 세웠다.

"소월아, 밥도 안 먹고 가? 아침을 황제같이 먹어야 집중력도 좋아진다던데. 내가 아까, 아까 일어났는데 쌀을 못 찾았걸랑. 장인어른도 일찍 나가셨고……. 소월아, 이제 걱정하지 마. 이제까지 못해 준 거 지금부터 아빠가 다해 줄 거걸랑."

어젯밤 중학생들한테 발길질을 당하던 아빠가 떠올라 비웃음밖에 나오질 않았다.

"어떻게 해 줄 건데? 돈 있어? 그동안 못해 준 고액 과외도 시켜 주고, 유학도 보내 줄 수 있어?"

아빠는 두 손을 가지런히 모으고 잠자코 땅만 보았다.

"그냥, 우리 지금까지 해 왔던 대로 각자 자기 인생 살자. 학교 갔다 오면 원래대로 아빠가 사라졌으면 좋겠어. 나 버리고 도망가는 거, 아빠 특기잖아! 처음이자 마지막으로 하는 부탁이야."

"버리다니! 절대 그런 적 없어……."

아빠는 쩔쩔매는 얼굴로 만 원짜리를 내밀었다.

"이걸로, 빵이라도 사 먹어. 소월아, 아빠 좀 믿어 줘……."

웅얼거리듯 말하는 아빠한테 일부러 만 원을 받아 교복 주머니에 넣었다. 그러니까, 태어나서 처음 아빠한테 받아 보는 용돈이었다. 곧장 아래층으로 내려갔다.

"웬일이냐! 머리를 다 묶고!"

부스스한 얼굴로 형태가 칠판 앞에 서서 인사를 했다. 형태는 오늘의 메뉴를 칠판에 적고 있었다. 아줌마는 하루에 두 가지 메뉴만을 판매한다. 아줌마의 가게 운영 방침이다. 점심 시간에 몰려오는 손님을 받으려면 다양한 메뉴를 받을 수 없고, 손님들도 빨리 나오는 식사를 원해서 나온 방법이다. 오늘의 메뉴는 육개장과 참치김치볶음밥이었다. 늘 그렇듯 라디오에서 잔잔한 클래식 연주가 흘러나왔다. 아줌마와 시원이 덕분에 나는 클래식 음악과 친해질 수 있었다. 알록달록한 머릿수건과 레이스가 잔뜩 달린 앞치마를 두르고 아줌마가 종을 쳤다. 아줌마는 인테리어 효과를 위해 달아 놓은 종을 우리 빌라 식사 시간을 알리는 종으로 사용했다.

"소월, 좋은 아침! 혼자만 내려왔니?"

아줌마는 어릴 때부터 우리를 부를 때 꼭 이름만 부르는 버릇이 있다. 간드러지는 콧소리를 섞어서.

"할아버지 산에 가셨어요."

아줌마가 고개를 내저으며 말했다.

"노, 노, 아빠 말이야. 할아버지는 벌써 도시락 싸서 드렸지."

아줌마가 아빠의 정체에 대해 알고 있어서 깜짝 놀랐다.

"어, 어떻게 알았어요?"

"새벽에 할아버지가 그러셨어. 아빠 일어나면 밥 챙겨 드리라고."

망했다. 할아버지 결심이 굳어진 것 같았다. 바로 내쫓을 거였으면 이렇게 소문내지도 않았을 텐데. 아빠를 쫓아낼 수 있을 거라는 희망이 점점 절망으로 변해 갔다.

"아빠 오신 거 축하해!"

형태가 이죽거리며 귓속말을 했다. 말보다 주먹이 먼저 나갔다. 다행히 아줌마가 보지 못했다. 형태는 울상을 지으며 입을 삐죽거렸다.

종이 울린 지 오 분 만에 맑은 아저씨가 말끔한 모습으로 내려왔다. 아저씨는 한 번도 흐트러진 모습으로 내려온 적이 없다. 아저씨는 어젯밤 사건은 아무것도 모른다는 듯 맑게 웃어 주었다. 아저씨의 마음 씀씀이까지 마음에 들었다. 형태네가 이사 온 뒤로 우리는 십 년째 같이 밥을 먹고 있다. 화방 할아버지와 함께. 형태 엄마의 놀라운 장사 수완으로 옥탑방에 사는 맑은 아저씨까지 함께 아침을 먹게 됐다. 때마침 시원이도 들어왔다. 언제부터인지 모르지만 시원이도 우리와 같이 아침밥을 먹었다. 시원이 아줌마는 가사 노동이 이 세상에서 가장 불필요한 노동이라고 말하는 분이니까.

"잘 먹겠습니다."

밥을 먹으면서 맑은 아저씨를 힐끗 쳐다보았다. 그 순간, 아저씨와 눈이 마주치고 말았다. 아저씨는 그런 나를 보며 또 맑게 웃어 주었다. 나는 얼른 고개를 숙였다. 문득 아저씨라면 우리 집 같은 환경도 이해해 줄지 모른다는 생각이 들었다. 시원이가 내 젓가락을 툭 쳤다.

"밥 먹을 땐 먹는 데만 집중해."

나도 모르게 인상이 찌푸려졌다. 아저씨가 들을 수 없게 시원이에게 "죽고 싶냐?" 하고 윽박을 질렀다.

"야! 둘이서만 귓속말 하기야? 뭐야? 나도 말해 줘. 니들 나 몰래 놀러 가려고 그러지?"

이번에는 아줌마가 정색을 했다.

"소월이랑 시원이는 얼마든지 놀아도 되지! 재수생인 네가 문제지! 네가 지금 놀 상황이야?"

갑자기 식탁이 싸늘해졌다. 아줌마는 금세 분위기를 눈치챘는지 헛웃음을 웃으며 맑은 아저씨 앞으로 반찬을 밀었다.

"미스터 장, 요즘도 계속 오디션 준비하죠? 미스터 장은 뭐랄까, 마스크가 신선해. 여러 가지 역할이 가능한 배우가 될 것 같다니까. 근데 대학에서는 뭐 전공했어요? 연극 영화 이런 거?"

그동안 아줌마가 꼬치꼬치 캐물은 덕분에 아저씨가 배우 지망생이라는 것까지 알게 되었다. 남의 일을 속속들이 알려는 아

줌마 성격이 마음에 들지 않았지만 오늘만은 나도 온 신경을 집
중했다.

"아, 특수체육교육 전공했습니다."

아저씨가 대답했다.

"어머, 그냥 체육도 아니고 특수체육? 장애인들 돌보고 그러
는 거?"

"돌보는 것보다 재활을 돕는다고 하는 게 맞습니다."

형태는 얼른 아줌마의 말을 막으며 말했다.

"엄마, 그렇게 꼬치꼬치 묻는 거 실례야."

아줌마는 형태의 말에 호들갑스럽게 웃으며 고개를 끄덕였
다.

"한 가지만 더. 다, 부모 같은 마음이라 그러지. 그럼 우리 미
스터 장 수입은 어떻게 해요? 힘들면 우리 가게에서 아르바이트
해도 돼. 호호."

맑은 아저씨가 당황한 얼굴로 아줌마를 쳐다봤다. 우리도 당
황스러운 건 마찬가지였다. 아줌마가 말을 계속 이었다.

"아니, 오디션 보러 다니면 일정한 아르바이트 하기도 힘드니
까 걱정돼서. 다 아들 같아서 그러지. 호호."

인상을 찌푸릴 법도 한데 맑은 아저씨는 여전히 미소를 잃지
않았다.

"제가 재활훈련 해 주는 아이가 있거든요. 일주일에 두 번씩

그 친구 재활 아르바이트 하고 있고요, 가끔 단역 일도 해서 생활은 괜찮습니다."

'생활력, 합격!'

아줌마의 수다스러움이 오늘처럼 만족스럽기는 처음이었다.

"미스터 장은 뭘 해도 될 것 같아요. 뭐랄까, 인상이 건강해 보여. 꿈이 있어서 그런가? 참, 소월. 밥 먹고 꼭 함초 챙겨 먹어."

아줌마는 정말 못말린다. 어젯밤 변비에 대해선 한 마디도 하지 말아 달라고 신신당부를 했는데. 내 얼굴이 굳어지자 아줌마는 금방 화제를 돌렸다.

"얼마 전에 읽은 교육서 중에 식탁 교육이 중요하다고 하더라. 요즘 한 상에 둘러앉아 밥먹기가 얼마나 어려운 세상이니? 아침에라도 이렇게 대화를 해야지. 니들도 꿈이 있어야 해. 그래야 미스터 장처럼 사람이 활력이 있지. 우리 소월이가 문제네. 아직까지 꿈이 확실하지가 않잖아. 소월, 빨리 꿈을 찾아야 해. 응?"

불똥이 괜히 나한테 튀었다. 나는 지지 않고 말대꾸를 했다.

"꿈만 있으면 뭐해요. 행동도 따라야지."

형태가 뜨끔한 얼굴로 나를 쳐다보았다. 나는 모른 척 밥을 먹었다. 맑은 아저씨가 생각난 듯 우리를 보며 물었다.

"참! 혹시, 봉사활동 점수 같은 거 필요 없나? 다음 주 토요일 날 장애우 체육대회가 있는데 자원봉사자가 많이 필요하거든.

한번 해 보면 좋은 경험이 될 거야."

아저씨가 우리 셋을 번갈아 가며 쳐다보았다.

"할게요!"

생각보다 말이 먼저 튀어나왔다. 시원이가 나를 보고 놀란 표정을 지었다. 형태도 입에 숟가락을 물고 나를 빤히 쳐다보았다.

나는 얼른 수습하기 위해 입을 열었다.

"우리 선생님이 봉사활동 점수는 1학년 때 미리 채우는 게 좋대."

"그럼, 하는 걸로 알고 있을게. 먼저 올라가 보겠습니다."

아저씨는 언제나처럼 자신의 그릇을 주방에 갖다 두고 인사를 하고 올라갔다. 아줌마는 맑은 아저씨의 뒷모습을 보며 흐뭇한 웃음을 지었다.

"박력도 있고, 예의도 있고, 정말 괜찮다니까! 특수체육교육 전공이면 교사해도 잘했겠어. 어쩐지 이사 올 때 딱 알아 봤지. 역시 내가 사람 보는 눈은 정확하다니까."

불쑥, 형태가 끼어들었다.

"근데, 엄마 저번에 곗돈 사기 당했잖아."

"이놈의 자식이! 다 먹었으면 얼른 올라가서 씻어! 소월이랑 시원이 보기 창피하지도 않아?"

눈치껏 시원이를 끌고 식당을 나왔다. 언제 올라갔는지 형태는 2층 창문에서 우리를 내려다보며 여유롭게 손을 흔들었다.

"아, 나도 형태처럼 자유롭고 싶다."

시원이가 부러운 듯 형태를 올려다보며 말했다.

"넌 저게 자유로워 보이냐? 완전 백수지. 형태한테 인생을 거는 아줌마가 불쌍하다."

아줌마는 재수하기 싫다는 형태를 붙들고 주문처럼 말했다.

"그림을 계속 하려면, 창조예고에 들어가고 그다음에 서울대를 가야지 인맥이 자연스럽게 형성되는 거야. 너, 이 사회가 그렇게 호락호락한 줄 알아?"

호락호락하지 않은 세상을 살기 위해 형태는 아침에는 그림 레슨을 받고 오후에는 입시 학원에 가서 공부를 한다. 그리고 저녁에는 독서실에 간다는 핑계를 대고 미용을 배운다. 형태를 볼 때마다 괜히 나까지 조마조마하다. 아줌마 말처럼 사는 게 호락호락하지만은 않은 게 분명하다. 꿈이 없다고 타박을 주던 아줌마가 떠올랐다.

'난 뭘 해야 하지……'

교실에 들어가자 분위기가 공부 모드로 바뀌어 있었다. 다음 주가 중간고사라는 게 실감되었다. 참고서를 보고 있던 한나는 나를 보자마자 소곤대듯 말했다.

"어라? 눈이 또 충혈됐네. 새벽까지 공부했냐? 학원도 안 다니면서 성적 내는 비결이 뭐냐. 설마, 족집게 과외 하나?"

"됐고, 아빠 있으면 좋은 게 뭐냐?"

한나가 눈이 휘둥그레져서 물었다.

"왜, 돌아가신 아빠가 그리워? 강한 척해도 너도 여린 데가 있었구나!"

내가 쏘아보자 한나가 양손을 들고 진정하라는 표정을 지었다.

"오케이, 진정! 음, 아빠가 있으면 엄마가 혼낼 때 편들어 줘서 좋고, 엄마 몰래 용돈 줘서 좋고, 항상 내 편들어 줘서 좋지. 참, 출장 갈 때마다 엄마 선물은 안 사 와도 내 선물은 꼭 사 오는 것도 좋고."

괜한 질문을 해서 기분이 더 최악이 되었다.

점심을 먹고 한나가 난데없이 스마트폰을 들이밀며 동영상을 보여 주었다.

"기가 막히는 거 있는데 볼래? 어제 친구가 성교육 시간에 보여 준 영상이라고 해서 봤는데 완전 낡았어. 근데 좀 짱인 거 있어. 생명의 숭고함."

한나가 스마트폰을 코앞에 들이대는 바람에 하는 수 없이 영상을 보게 되었다. 산부인과에서 한 여자가 출산하는 과정이 나왔다. 얼마간의 진통 후 질겨 보이는 탯줄을 단 아기가 빠져나왔다. 갈색 빛깔의 쪼글쪼글한 탯줄은 꼭 시든 호박 줄기 같았다.

'나랑 엄마 사이에도 저런 탯줄이 있었을까……'

의사와 간호사는 익숙한 듯 아기를 거꾸로 세우고 몇 가지 테스트를 한 뒤 탯줄을 잘랐다. 생명의 숭고함이 느껴지기보다 아기의 몸에 얼룩덜룩 묻어 있는 이물질이 자꾸 거슬렸다. 그 장면 아래 자막이 나왔다.

아기가 태어났다. 세상에 대해 아무것도 모른 채.

아직 붓기가 덜 빠진 엄마에게 아기를 건네자 엄마는 아기를 시큰둥하게 쳐다보았다. 드라마에서 보던 감격에 젖은 엄마의 모습과는 거리가 멀었다.

엄마가 태어났다. 아기에 대해 아무것도 모른 채.

엄마가 태어났다는 말이 무척 낯설었다. 엄마는 처음부터 엄마로 있는 줄 알았는데, 엄마도 아기에 대해 아무것도 모른 채 태어난다니. 그제야 아기를 바라보던 엄마의 시큰둥한 표정을 이해할 수 있을 것 같았다. 뒤이어 제법 건장해 보이는 간호사가 갓 태어난 아기를 자신의 엄지손가락에 매달리게 하는 장면이 나왔다. 나도 모르게 가슴이 철렁 내려앉았다. 아기가 떨어지기라도 하면 어쩌나 보는 내가 더 조마조마했다.

아기는 머리조차 가누지 못한다. 하지만 자기의 몸무게를 감당할 만한 손힘을 가지고 있다.

놀라웠다. 간호사의 엄지보다 작은 주먹으로 신생아는 온 힘을 다해 엄지를 꽉 잡고 매달려 있었다. 갓 태어난 아기가 바닥으로 떨어지지 않고 자신의 몸무게를 지탱하는 힘이 어디에서 나올까 싶었다.

뒤이어 아기가 엄마의 젖냄새를 구분하는 장면이 나왔다.

아기는 엄마의 젖냄새를 구분할 줄 안다.

순간, 한 번도 맡아 본 적 없는 엄마의 젖냄새가 그리워졌다.

"어때? 나는 저 애기가 간호사 엄지에 매달려 있는 거 볼 때 소름이 다 돋더라니까."

한나한테 스마트폰을 넘기고 교실을 나왔다. 복도 창가에 기대서서 운동장을 내다보았다.

'엄마 젖냄새는 어떤 냄새일까……'

엄마 젖냄새가 내가 좋아하는 빵 냄새 같았으면 좋겠다. 어릴 때부터 갓 구운 빵 냄새를 맡으면 이상하게 마음이 편안해졌다. 울적할 때는 빵이 두 배로 더 맛있었다. 신생아가 간호사 엄지에 매달려 있는 모습이 자꾸만 눈에 아른거렸다. 그러다 불쑥 화가 치밀어 올랐다. 저렇게 아무것도 할 수 없는 날 버려 두고 아빠가 도망갔다는 사실이. 할아버지 혼자 저렇게 어린 나를 안고 얼마나 막막했을까. 그 생각을 하자 아빠가 더더욱 미워졌다.

학교가 끝나고 우르르 교문을 빠져나가는 애들을 보고 있노라니 문득 그런 생각이 들었다.

'쟤들은 다 행복하겠지. 나처럼 지지리 못난 아빠를 가진 애는 아무도 없겠지?'

그 생각을 하자 또 울화가 치밀어 올랐다.

'차라리 나타나지 말지. 이제 와서 도대체 왜……'

할아버지와 담판을 짓기 위해 구둣방으로 갔다. 상수동 거리를 얼마나 자주 다녔는지 모른다. 그동안 이 거리에 수없이 많은 가게가 생기고 사라지고를 반복했다. 그 틈에서 아직까지 굳건하게 자리를 잡고 있는 가게는 한 평 남짓한 할아버지의 구둣방뿐이다.

"저 왔어요."

할아버지 구둣방에만 들어가면 시간이 멈춰 버린 것 같다. 모든 게 어릴 때 보던 것들 그대로다. 천장 선반에 녹색 테이프로 친친 감겨 있는 라디오에서 잔잔한 노래가 흘러나왔다. 나도 모르게 할아버지 신발에 눈이 갔다. 엄마가 마지막으로 선물했던 내 나이와 같은 십칠 년 된 랜드로버 단화. 랜드로버 단화를 보고 있으면 할아버지의 고단한 세월이 느껴졌다. 단화 앞코에 가죽을 덧대고 덧대서 꿰맨 자국 때문에 원래의 모습을 찾아볼 수가 없다. 할아버지는 그래도 이 신발만을 고집한다. 너무 닳아서 이제는 구둣방 안에서밖에 신을 수 없는데도 이 신발을 버리지 못하는 할아버지를 보면 마음이 짠해진다.

오래된 앉은뱅이 의자에 털썩 앉았다. 스티로폼을 대고 테이프로 친친 감은 낡은 의자. 할아버지는 낡은 것만 좋아하는 것 같다. 나도 할아버지를 닮았는지, 오래되고 익숙한 게 좋다. 그러고 보면 내 주변에 있는 사람들도 모두가 오래된 사람들이다. 불쑥, 찾아온 아빠를 빼고는.

"받아 줘."

구두를 닦으며 아무렇지도 않게 할아버지가 말했다.

"그때도 그랬잖아. 나, 일곱 살 때. 그때도 한 달인가 있다가 가 버렸잖아. 난, 이제 못 믿어."

"이번에는 정신 차린 것 같아. 아르바이튼가 뭔가도 한댜."

나는 아무 대꾸도 하지 않았다. 아빠가 구했을 일에도 신뢰가 가지 않았다. 때마침 여자 손님이 들어왔다.

"구두 굽 좀 갈아 주세요."

구두를 받은 할아버지는 비스듬하게 닳은 굽을 빼내고 그 자리를 작은 망치로 살살 두드렸다. 구두약이 때처럼 낀 짧고 뭉툭한 손끝에 뭐가 집어질까 싶은데 할아버지는 용케도 작은 굽을 찾아서 구두 속에 끼워 넣고 탕탕 박았다. 그러고는 하얀 천을 검지와 중지에 단단히 두르고는 구두약을 묻혀 야무지게 구두를 닦았다. 웅크리고 앉아 구두를 닦는 할아버지가 오늘따라 더 작아 보였다. 버리는 게 나을 것 같은 구두도 할아버지 손만 거

치면 깨끗해졌다. 나도 모르게 할아버지의 다음 순서를 생각하고 있었다. 예상대로 할아버지는 구두를 꼼꼼하게 살피며 구두 뒤축에 본드를 발라 붙이고 염색약을 덧칠했다.

"와, 새 구두처럼 됐네. 고맙습니다."

손님은 몇 번이나 고맙다는 말을 하며 구둣방을 나갔다.

"뒤축 같은 건 뭐 하러 해 줘. 귀찮게."

할아버지는 하나도 안 아프게 꿀밤을 주었다.

"얼굴만 예쁘다고 여자간, 마음이 고와야 여자여!"

지금의 할아버지는 어제 나를 그렇게 매섭게 쳐다보던 할아버지가 아니었다. 나는 잠자코 앉아 할아버지를 물끄러미 바라보았다. 내가 고집을 피워도 할아버지는 아빠를 내쫓지 못할 것이다. 엄마와 관련된 거라면 오래된 신발 하나도 버리지 못하니까. 어쩌면 아빠는 오래전처럼 스스로 또 집을 나갈지도 모른다. 내가 할 일이 분명해졌다. 아빠가 스스로 우리 집을 나가도록 하는 것.

"느이 엄마를 봐서라도 한 번만 더 봐 줘. 또 속을 썩이면 그땐 내가 확 내쫓아 버릴겨."

할아버지 눈빛이 흔들렸다. 그런 할아버지 앞에서 더 고집을 부릴 수가 없었다.

"정말? 진짜지? 약속 꼭 지켜야 해. 도로 찾으러 가거나 그러기 없기야."

할아버지가 나를 보며 눈을 흘겼다.

"다음에 이 할애비랑 산에 한 번 가. 산 냄새가 참 달어."

"쳇, 산 냄새가 달다는 말은 처음 들어 봐."

할아버지가 흐흐, 웃으며 내 머리를 쓰다듬었다.

집으로 가는 길에 레슨을 마치고 나오는 형태를 만났다.

"김소월! 아빠 대박 자상해! 엑스트라 알바 하신대. 멋지지 않나?"

엑스트라라니, 처음 듣는 얘기였다.

"그나저나 넌 그 비싼 레슨 언제까지 받을 생각이냐?"

"이 자식! 다 때가 있는 법이다. 레슨 받는 것도 미용에 다 재료가 될 거라고 믿어 의심치 않는다. 그런 말 있잖아. 눈물을 흘리며 씨를 뿌리는 자는 기쁨으로 단을 거두리라! 난 지금 눈물을 흘리며 씨 뿌리는 단계야. 아직은 때가 아니다. 흠."

아줌마를 닮아서인지 형태는 말에서 절대 밀리지 않았다.

"난 너는 걱정 안 해. 아줌마가 불쌍해서 그렇지. 기쁘게 단을 거두기 전에 그 씨를 갈아 버릴 수 있는 아줌마를 기억해라."

두 손으로 머리를 부여잡고 형태가 소리를 질렀다.

"형제! 제발 그런 섬뜩한 말로 날 겁주지 말아 줘!"

장난을 치는 형태를 뒤로 하고 털레털레 집으로 갔다. 오늘처럼 집에 가기 싫은 날은 처음이었다. 타이밍의 문제다. 내가 아빠를 필요로 할 때, 아빠는 나한테서 멀리멀리 도망쳤다. 더 이

상 아빠가 필요하지 않게 된 지금, 아빠가 찾아왔다. 완벽하게 어긋난 타이밍이다.

비밀번호를 누르고 집에 들어가자 거실에 온갖 천들이 널려 있었다. 게다가 웬 작은 푸들이 나를 보고 요란하게 짖어 댔다. 바느질을 하고 있던 아빠가 놀란 듯 바느질감을 뒤로 감추며 말했다.

"왔어? 사실, 십 년 동안 내가 키우던 아긴데, 가족을 만났다고 얠 버릴 수가 없어서……."

아, 신이시여!

3
갑자기 바람이 차가워지네

거실에 널려 있는 천 조각들을 주섬주섬 치우며 아빠가 머리를 긁적였다.

"내가 가족 찾겠다고 우리 소중이를 급하게 맡겼는데 그새 고아처럼 돼 버렸더라고. 재활용 상자에 버릴 옷이 있길래 옷 좀 만들어 주려고⋯⋯."

갈수록 가관이었다.

"나 개털 알레르기 있어. 당장 쫓아내!"

눈이 휘둥그레진 아빠는 두 팔을 내저으며 소리를 쳤다.

"우리 소중이는 엄청 깨끗해! 내가 얼마나 자주 씻기는데! 정말 불쌍한 애야. 소월아, 한 번만 봐줘. 나 애 못 버려."

맙소사! 신생아인 나는 버리고 도망갔으면서 그깟 강아지 한

마리는 불쌍해서 못 버린다니. 정말 봐줄 수가 없었다.

"아! 진짜, 그지 같아!"

엄마 카세트를 집어 들고 집을 뛰쳐나왔다. 놀이터까지 정신없이 달리다 보니 문득 억울한 생각이 들었다.

'가만, 내가 왜 나왔지? 내 집인데……'

충분히 아빠를 내쫓을 수 있었는데 내가 나와 버리고 말았다. 아빠의 뻔뻔함에 화가 치밀어 올랐다. 아직 받아 줄까 말까 확실한 결정도 하지 않았는데 강아지까지 데려와 눌러앉을 생각을 하다니. 생각할수록 기가 찼다. 이어폰을 귀에 꽂고 카세트 재생 버튼을 눌렀다.

어두운 거리를 나 홀로 걷다가 밤하늘 바라보았소, 어제처럼 별이 하얗게 빛나고 달도 밝은데 오늘은 그 어느 누가 태어나고 어느 누가 잠들었소…… 쓸쓸한 비라도 내리게 되면은 금방 울어 버리겠네.

「독백」이란 노래가 흘러나왔다. 오늘따라 유난히 이 가사가 와 닿았다. 되감기 버튼을 눌러 반복해서 들었다. '오늘은 그 어느 누가 태어나고 어느 누가 잠들었냐'는 가사가 꼭 엄마와 내 이야기 같았다. 내가 태어나는 날 엄마는 다시는 깰 수 없는 잠이 들었으니까. 지금 이 시간에도 누군가는 태어나고 누군가는 잠이 들 거라는 생각이 들자 서글퍼졌다.

"나는 버리고 가 놓고선 강아지는 애지중지 키웠다고? 쳇!"

강아지 옷을 만들기 위해 바느질을 하던 아빠 모습은 충격 그
자체였다. 나한테 옷 한 벌 사 준 적 없으면서. 아빠란 사람을 애
타게 찾던 딸은 버린 채, 강아지를 자식 삼아 기르고 있었다니.
아빠도 받아 줄까 말까인데, 거기다 개까지 데리고 들어오다니.
정말, 뻔뻔해도 너무 뻔뻔했다.

"아, 개만도 못한 내 인생."

내 신세를 입 밖으로 내뱉자, 처량하기 이를 데 없었다. 휑한
바람이 놀이터를 휘돌았다. 황량하고, 춥고, 쓸쓸했다. 별안간 얼
굴에 차가운 물이 느껴져서 위를 올려다보니 후드득 우박이 떨
어졌다. 꽃이 피어야 하는 4월 중순에 이 무슨 기이한 자연현상
인지! 이 모든 게, 자연의 질서를 어지럽힌 지구인들 때문이다!
특히, 가족의 질서를 어지럽힌 아빠 같은 사람 때문이다. 엎친
데 덮친 격으로 느닷없이 돌풍까지 불어왔다. 미친 바람에 앞머
리가 날렸다. 어릴 때는 놀이터에 가는 게 너무 싫었다. 뒤에서
그네를 밀어 줄 엄마도, 아빠도 없었으니까. 하지만 이제 나는
뒤에서 그네를 밀어 줄 아빠가 더 이상 필요하지 않다. 그네에
앉아 엉덩이를 최대한 뒤로 빼고 있는 힘껏 앞으로 나갔다. 앞으
로 나갈수록 엉덩이에 더 힘을 주고 굴렀다. 나 혼자서도 이렇게
그네를 잘 탈 수 있다고, 보란 듯이.

휴대폰 벨이 울렸다. 시원이였다.

"어디야."

"놀이터."

전화를 끊은 지 얼마 되지 않아서 시원이가 왔다.

"레슨 받으러 안 가?"

"나 학교 그만둘 거야."

만만한 시원이한테 엄살 좀 피우려고 했는데 녀석이 먼저 선수를 쳤다.

"집 나간 정신 데려다놔라."

시원이가 쓴웃음을 지었다. 정신이 어떻게 된 게 아니고서야 누구는 재수까지 해서라도 들어가고 싶어 하는 학교를 그만둘 리가 없었다. 시원이 아줌마가 학교를 그만두게 내버려 둘 리도 없고.

"밥 안 먹었지? 형태 불러서 맛있는 거 먹자."

시원이가 나를 일으켜 세웠다.

"생각 없어."

"형태 아줌마의 명언, 밥은 생각으로 먹는 게 아니라 때 되면 먹는 거라잖아. 이 오빠가 맛있는 거 쏠게."

"근데 너 아까 그 소리 그냥 해 본 말이지?"

아무 일도 없었다는 듯 시원이가 웃었다. 그럼 그렇지. 맛있는 걸 먹자는 전화에 형태는 미용실까지 빼먹고 달려왔다. 이럴 때 보면 형태의 꿈과 열정이 의심스럽기만 하다. 시원이가 카드를 들어 보이며 말했다.

"비싼 거 먹어도 돼. 엄마가 카드 줬어."

호들갑을 떨며 형태가 말했다.

"오! 나의 산타! 난 네가 이럴 때 제일 멋있단 말이야. 우리 홍대 앞에 있는 그 집 가자! 이탈리아 쉐프가 만드는 파스타 어때?"

형태 바람대로 우리는 파스타 집으로 갔다. 부자 친구 덕분에 가끔 가는 식당이다. 쉐프가 추천하는 특별 파스타를 주문하고 음식을 기다렸다.

"오, 형제들! 근사한 만찬을 앞에 두고 이 죽을상은 웬 말인가?"

형태가 그러거나 말거나 머릿속은 온통 아빠로 가득했다. 앞으로 아빠와 한 공간에서 살아야 할 생각에 가슴이 터질 것 같았다. 해산물과 치즈가 듬뿍 올라간 파스타가 나왔다. 먹음직스러운 파스타를 보자 갑자기 식욕이 당겼다. 뜨거운 파스타를 돌돌 말아서 씹는 둥 마는 둥 삼켰다. 허겁지겁 먹는 나를 보며 형태가 아줌마 흉내를 내며 말했다.

"소월, 여자는 교양이야. 품위 있게 먹어야지."

형태 말이 귀에 들어오지 않았다. 먹어도, 먹어도 배가 부르지 않았다.

"나 하나 더 시켜도 돼?"

나를 걱정스럽게 보던 시원이가 고개를 끄덕이며 메뉴판을 내밀었다. 이번에는 가장 맵다는 파스타를 시켰다. 형태는 입을 떡 벌리고 나를 쳐다보았다.

"김소월. 진짜 왜이래. 오늘 굶었냐? 최고봉인데?"

싱가포르 고추가 들어간 소스라더니 한 입 넣자마자 입안이 화끈거렸다. 매운 기운이 머리끝까지 올라오자 눈알이 핑핑 도는 것 같았다. 그래도 국물까지 떠먹었다.

"이야, 김소월 대단하다. 너 혹시 그날이냐?"

"그래, 그날이다! 아무나 패고 싶은 날인데 한 대 맞을래?"

형태는 고개를 절레절레 흔들며 파스타면을 섬세하게 돌렸다. 주위를 둘러보니 고등학생끼리 온 테이블은 우리밖에 없었다. 대화도 없이 파스타 두 접시를 다 비웠다. 배가 터질 것 같았다. 먹자마자 금방 후회되었다. 이 많은 양의 파스타가 장 속에서 며칠이나 불었다 나오게 될지. 빈 접시를 보던 시원이가 말했다.

"이제 후식 먹으러 갈까?"

형태가 시원이를 말렸다.

"오늘 너무 무리하는 거 아니냐? 후식은 뭐. 편의점 가서 아이스크림이나 먹자."

"오늘은 내가 다 쏜다니까. 가자. 너 와플 좋아하잖아."

아무래도 오늘 시원이 분위기가 심상치 않았다. 잠자코 시원이를 따라 와플 가게에 갔다. 큼지막한 와플을 시키는 시원이를 빤히 쳐다보았다. 사는 게 재미없다고 하질 않나, 학교를 그만두겠다고 하질 않나, 무슨 일이 있는 게 분명했다.

"빨리 불어. 뭐야?"

내 말에 형태도 시원이를 다그쳤다.

"그래. 우리는 형제잖아. 뭐든 말해 봐. 이 형은 비밀을 다 쏟아놓는데 니들은 항상 엉큼하게 감춘단 말이지. 그거 좋은 버릇 아니다. 친구끼리 진실해야지."

시원이가 뜸을 들이는 사이 생크림이 듬뿍 오른 와플이 나왔다.

"나 바이올린도, 학교도, 그만둘 거야."

너무 놀라서 아무 말도 나오지 않았다. 와플을 자르던 형태는 나이프를 내려놓고 고개를 내저었다.

"넌 그런 얘기를 홍대에서 제일 맛있다는 와플을 앞에 두고 하냐."

실실 웃는 형태를 노려보자 그제야 분위기가 파악됐는지 형태는 말없이 와플을 먹었다. 그런 우리를 보고 시원이가 피식 웃었다.

"심각한 표정 지을 필요 없어. 제길, 생상 3번 1악장이 뭐라고. 그래서 알았다. 나는 음악을 가슴으로 못 느낀다는 걸. 더 이

상 바이올린에 대해 열정도 없고 기대도 없다. 지난주에 엄마한 테 다 얘기했어."

"설마 목검은 아니지?"

형태가 걱정스럽게 물었다. 작년 말 어느 날, 시원이가 다리를 절뚝거리고 나타나는 바람에 알게 되었다. 시원이 아줌마가 가끔 목검으로 시원이를 때린다는 사실을. 예고 입시를 앞두고 예민해진 아줌마는 시원이가 연습 분량을 다 채우지 못할 때마다 목검을 들었다. 그 고상한 아줌마가 어릴 때부터 불을 끄고, 음악을 크게 틀고 시원이를 때렸다는 사실은 정말 믿어지지 않았다.

"또 심하게 맞을 뻔했지. 근데 다행히 아빠가 말려서 몇 대 안 맞았어."

아무리 부모라지만 다 큰 아들을 마음대로 때린다는 사실에 화가 났다.

"넌 도망가지, 미련하게 그걸 맞고 있냐? 착해 빠져 가지고."

내 말에 시원이는 그저 웃기만 했다. 형태는 울상을 지으며 시원이 손을 잡았다.

"자식, 진즉 말하지. 이 형이 너보다 선배잖냐. 그렇게 돌직구로 가면 안 되지. 특히, 너희 엄마 같은 분들은. 나처럼 지혜롭게, 응?"

시원이가 카드를 들어 보였다.

"미안했나 봐. 고등학생 됐다고 이제는 선물 안 사 오고 카드를 주더라. 사고 싶은 거 맘대로 사래. 우리 엄마도 너희 엄마 따라서 소통 강의 좀 다녔으면 좋겠다. 이 카드는 절대 나랑 소통 못하는데."

심드렁한 표정으로 카드를 탁자에 툭툭 내리치며 시원이가 말했다.

"엄마가 울더라. 처음 봤어. 누나 키울 때는 나처럼 안 힘들었대. 누나 반만큼만 따라가라고 하더라. 엄마 뜻대로 움직이는 로봇 놀이 그만하고 싶다."

형태가 중얼거리듯 혼잣말을 했다.

"삽질했네. 너도, 아줌마도."

내가 노려보자 형태가 입을 삐죽 내밀었다.

"내 말이 맞지. 시원이한테 들인 돈이 얼만데 시원이 아줌마가 그럴 만도 하지. 아, 남일 같지가 않네. 우리 엄마는 어쩌지?"

형태 말이 틀린 말은 아니었다. 십 년 넘게 바이올린에 투자한 시간과 돈이 얼만데. 이래서 내가 꿈을 안 갖는다. 이루어진다는 보장도 없으면서 죽자고 노력했다가 느닷없이 딴 길이 가고 싶으면 삽질한 셈이 되고 마니. 순간, 이런 상황에서 꿈을 안 갖길 잘했다고 위로를 얻고 있는 내 자신이 악마 같았다. 정신을 차리고 시원이한테 물었다.

"그만두면, 어쩔 건데?"

"나라는 인간에 대해서 알고 싶어. 뭘 좋아하는지, 뭘 하고 싶은지……."

첩첩산중이다. 한숨이 절로 나왔다. 그런 나를 보고 형태가 물었다.

"형제는 또 무슨 고민이 있는가? 그래. 오늘 진실의 시간을 갖자. 소월이 넌 무슨 고민이야?"

이번에는 시원이까지 나를 쳐다보았다.

"뭘."

시원이가 물었다.

"아빠는?"

그 질문에 어릴 때 생각이 났다. 내가 왜 친구를 안 사귀게 됐는지. 애들은 조금만 친해지면 꼬치꼬치 캐묻기 시작했다. 엄마는, 아빠는? 그런 질문을 하는 애들하고는 그 뒤로 놀지 않았다. 물론, 고등학생이 된 지금은 당당하게 부모님 안 계시다고 하지만 그땐 그랬다. 누군가 아빠에 대해 물으면 나는 항상 돌아가셨다고 대답했다. 그때 돌아가신 아빠가 환생해 돌아왔으니 환장할 노릇이다.

"내가 집 나가면 할아버지가 아빠 쫓아낼까?"

"에이! 초딩도 아니고 집을 왜 나가! 집 나가면 개고생인 거 모르냐?"

형태가 열을 올리며 소리를 질렀다. 내가 집을 나간다니까 나름 걱정된 모양이었다.

"왜, 개고생 체험 좀 해 보려고 그런다, 왜!"

그때, 휴대폰 진동이 울렸다. 할아버지였다.

"어디여, 밥 안 먹어?"

"밖에서 시원이랑 형태 만났어요. 애들이랑 밥 먹었어요."

할아버지가 뜸을 들이며 말했다.

"집에 왔다가 금방 나가 버렸다며……."

"응, 시원이가 갑자기 보자고 해서. 걱정하지 마. 이따 갈게요."

할아버지 목소리를 듣자 차마 아빠 때문에 나왔다고 말할 수가 없었다. 내가 말해 봤자 할아버지 근심만 더 늘게 한다는 걸 알기에. 철없는 아빠는 내가 자기 때문에 나갔다고 일러바친 모양이었다. 이렇게 한결같이 마음에 안 드는 행동을 하는 것도 어려울 텐데. 정말 대단한 아빠다.

"그래도, 난 네가 부럽다. 죽은 줄 알았던 아빠가 살아 돌아왔잖아."

형태가 나직한 소리로 말했다.

"죽으면 그리워나 하지……."

엄마처럼 아빠가 그리움의 대상이었다면 얼마나 좋을까. 그럼 모든 게 평화로웠을 텐데. 아빠만 나타나지 않았다면, 여태껏 그랬던 것처럼 할아버지한테 심통 부리지 않고 착한 손녀로 살 수 있었을 텐데.

와플 가게를 나와 상수동 골목을 걸었다. 시원이 가방에서 계속 진동이 울렸다. 시원이는 가방에서 휴대폰을 꺼내더니 전원을 꺼 버렸다. 형태는 그런 시원이를 보고 마른침을 삼켰다.

"아, 남일 같지 않다."

문제아 친구들과 놀이터로 갔다. 운동을 나온 몇몇 사람들이 운동기구 앞에서 운동을 하는 모습이 보였다. 놀이터로 내려가는 계단에 줄줄이 앉은 우리는 동시에 한숨을 내쉬었다. 시원이 뒷모습이 너무나 쓸쓸해 보였다.

"집에 가면 아줌마 화 많이 나 있겠다."

깊은 숨을 토해내며 시원이가 대답했다.

"각오됐어. 나 쉽게 결정한 거 아니야. 작년에 입시 준비하면서 많이 생각한 거야. 어릴 때는 바이올린 연주하는 게 정말 재밌었어. 근데 점점 숨 막혀. 학교 성적도 올려야 되지, 바이올린 연습도 더 많이 해야 하지. 기계 같아, 내가. 엄마가 싫은 건지, 바이올린이 싫은 건지, 내가 싫은 건지……. 그래서 답이 없다."

잠자코 듣고 있던 형태가 고개를 끄덕이며 말했다.

"어쩌냐. 나도 우리 엄마한테 하루 빨리 고백하는 게 매를 덜 버는 길이겠지? 아, 시원이 보니까 겁난다. 우리 엄마는 날 죽일지도 몰라. 비평 다가온다고 요즘 내 비위 더 맞춰 주는데 미안해 죽겠다."

"미안한 건 아냐? 그럼 빨리 말씀 드려라. 옆에서 보는 우리도 조마조마하다."

내 말에 형태가 고개를 끄덕였다.

"다들 여기서 뭐해?"

맑은 아저씨였다. 아저씨가 들고 있던 농구공을 위로 던지며
물었다.

"나랑 농구 한 판 할래?"

나는 벌떡 일어나서 대답했다.

"네!"

아저씨를 만나면 늘 생각보다 말이 먼저 나오는 것 같았다.
애들이 나를 생뚱한 얼굴로 쳐다보았다. 나는 당장 일어나라는
신호로 형태 엉덩이를 발로 툭툭 찼다. 어쩔 수 없다는 듯 일어
난 형태와 시원이는 가방을 내려 두고 농구대 앞으로 갔다. 맑은
아저씨가 농구공을 바닥에 튀기며 물었다.

"어떻게 팀 짤까?"

애들이 생각하기도 전에 내가 먼저 말했다.

"형태랑 시원이! 그리고 아저씨랑 저요!"

맑은 아저씨를 보는 순간, 모든 근심이 한방에 사라져 버렸
다. 아저씨가 마술을 부리기라도 한 것처럼. 시원이가 나를 떨떠
름한 표정으로 쳐다보며 교복 재킷을 벗어던졌다.

아저씨가 나에게 손을 번쩍 들어 보였다.

"잘해 보자. 소월아!"

맑은 아저씨와 첫 스킨십에 긴장됐다. 나는 떨리는 마음을 진

정시키고 아저씨 손바닥에 내 손바닥을 마주쳤다. 전기가 통한 듯, 온몸이 찌릿했다.

"아이스크림 내기다!"

게임이 시작됐다. 아저씨가 바닥에 공을 튀기며 나한테 패스했다. 내가 공을 받으려는 순간, 시원이가 끼어들어 내 공을 낚아챘다. 분해서 따라잡았지만 시원이는 아예 몸을 돌린 채 드리블을 했다. 나를 대신해서 맑은 아저씨가 달려들자 시원이가 형태에게 공을 패스했다. 공을 받은 형태는 바로 골대로 돌진했다.

"슛!"

형태가 던진 공이 골대로 들어가고 말았다. 실망하는 나를 보고 맑은 아저씨가 걱정 말라는 표정을 지었다. 다시 게임이 시작됐다. 아저씨는 일부러 져 주기도 하고 이기기도 하면서 점수를 적당히 맞춰 갔다. 나는 아저씨와 한 팀이라는 걸 잊은 채 아저씨가 공만 잡으면 넋을 놓고 아저씨를 바라보았다. 운동하는 남자가 이렇게 매력적일 수 있다는 걸 처음 알았다.

"소월아, 공 받아!"

아저씨가 부르는 소리에 그제야 정신이 들었다. 시원이는 계속 나를 흘깃거리며 맑은 아저씨가 공을 잡을 때마다 과격하게 몸싸움을 시도했다. 아까까지 풀죽어 있던 모습은 어디로 가고 맑은 아저씨를 노려보며 펄펄 날뛰었다. 형태와 시원이가 암만 난리를 쳐도 맑은 아저씨를 이기기에는 무리였다. 체육을 전공한 아저씨가 조무래기들에게 질 리가 없었다. 우리 팀은 형태와 시원이에게 한 점차로 졌다. 백 퍼센트 아저씨가 일부러 져 준 게 분명했다.

숨을 거칠게 몰아쉬며 맑은 아저씨가 웃음을 지었다.

"역시 십대 체력을 못 따라가겠다. 잠깐 기다려. 아이스크림 사 올게."

편의점으로 달려가는 아저씨를 보며 시원이가 불퉁거리듯 말했다.

"야, 김소월! 너 자꾸 저 형한테 웃지 마라. 남자들은 그런 거 안 좋아해."

상대도 안 되는 녀석이 맑은 아저씨를 질투하는 게 가소로웠다.

"관심 끄셔! 내가 웃건 말건 네가 뭔 상관이야!"

잠자코 있던 형태가 우리 둘 사이에 비집고 앉더니 양손을 들었다.

"왜들 이래. 난 평화주의자야. 그리고 형제. 인상을 쓰는 것보다는 웃는 게 좋지 뭘 그래. 응? 그리고 나도 남잔데, 난 웃는 게 훨씬 좋아."

눈치 없는 형태의 말에 나도 모르게 웃음이 나왔다. 형태가 두 손을 마주 잡고 간절한 눈빛으로 말했다.

"형제들, 언제 나한테 머리 맡길 생각 없냐? 내가 기가 막힌

스타일 만들어 줄 자신이 있는데. 나도 가발 말고 진짜 머리를 만지고 싶다."

"절대, 없어!"

이럴 때는 시원이랑 잘 통했다. 우리 대답에 형태는 입을 삐죽거리며 등을 돌렸다.

"덥지?"

맑은 아저씨가 내민 봉지를 보고 형태가 한마디 했다.

"이야, 형 은근히 고지식하네요. 보통은 종류별로 사 오는데 한 가지로 통일하다니!"

"아, 뭘 좋아하는지 몰라서 그냥 통일했어. 이해해 주라."

나는 얼른 아이스크림을 집어 들며 시원이에게 보란 듯 활짝 웃었다.

"아, 저 원래 이거 좋아해요!"

갑자기 형태가 아저씨한테 물었다.

"형! 혹시 여동생 있어요?"

"아니, 왜? 위로 누나 한 명 있어."

아저씨는 황당한 얼굴로 대답을 했다. 형태는 배시시 웃으며 고개를 내저었다.

"아니, 형을 닮은 여동생 있으면 소개해 달라고 하려고 그랬죠. 헤헤. 형 좀 괜찮은 것 같아요."

이번에는 아저씨 얼굴이 빨개진 것 같았다. 뜬금없는 형태의 말은 듣는 우리도 당황스러웠다. 아저씨는 농구공을 챙기며 일어섰다.

"가서 시험 공부 해야지. 난 마저 운동하고 갈게!"

철봉 아래로 간 아저씨는 양손으로 철봉을 단단히 붙들고 무서운 속도로 턱걸이를 하기 시작했다. 아저씨가 운동하는 모습을 가만히 지켜보고 싶었지만 시원이가 잡아끄는 바람에 일어날 수밖에 없었다.

빌라 앞에 도착하자 시원이가 날 잡아끌더니 귓속말로 물었다.

"너 설마 저 늙은 형 좋아하는 건 아니지? 절대 안 돼!"

"좋아하면 어쩔래?"

그때, 뒤따라 오던 형태가 우리 어깨를 짚으며 말했다.

"형제들, 이 오묘한 분위기는 뭔가? 가족끼리 연애는 안 돼. 응?"

형태는 우리 사이를 갈라 놓고 윙크를 하더니 먼저 계단을 올라갔다. 이럴 때 보면 형태 눈치가 백단은 되는 것 같았다. 다만, 이런 일은 좀처럼 찾아볼 수가 없다는 게 문제다. 시원이가 말했다.

"내가 계속 말했잖아. 나 너 좋아한다고. 그래서 안 돼."

"그래, 나도 너 좋아해! 나는 형태도 좋아하고, 너도 좋아해! 근데 남자로는 아니야. 미쳤냐? 형태 말처럼 우린 가족이나 마찬가지야."

시원이가 고개를 삐뚜름하게 하고 날 쳐다보았다.

"내가 왜 너랑 가족이야? 앞으로 가족이 될 사이지. 두고 봐. 넌 앞으로 나랑 가족이 될 거다."

내가 주먹을 들려는 순간, 시원이는 얼른 뒤돌아서 줄행랑을 쳤다. 정말 이상한 녀석이다. 작년 크리스마스 때 분명히 사귈 마음 없다고 못을 박았는데. 계단을 올라가다 내 오른손바닥을 보았다. 아저씨와 마주친 손. 오늘은 이 손을 더욱 귀하게 다루어야겠다.

4

나비를 타고 벚꽃 파티를 하는 행복한 날

오늘따라 머리 연출이 너무 안 됐다. 아저씨랑 약속한 시간은 점점 다가오는데 애가 탔다.

"당장 우리 집으로 튀어 와."

어쩔 수 없이 형태를 호출했다. 형태는 자연스럽게 비밀번호를 누르고 우리 집으로 들어왔다.

"너, 헤어디자이너가 될 자격이 있는지 없는지 테스트할 중대한 기회야. 드라이 좀 해 봐. 살짝 웨이브 들어가게. 발랄해 보이게."

형태는 두 손을 걷어붙이고 아이롱기를 들었다.

"좋지. 중간고사 끝난 기념으로 내가 산뜻하게 해 주겠어."

신 난 형태는 내가 주문한 대로 자연스럽게 웨이브를 만들었다. 생각보다 쓸 만한 솜씨였다. 형태는 아이롱기에 내 머리카락을 조심스럽게 꼬면서 말했다.

"드라이만 맡기지 말고 컷트도 한 번 맡겨 봐. 이 오빠가 패셔니스타로 만들어 줄게. 응?"

"콱! 아줌마한테 다 일러 버린다!"

겁먹은 형태는 양손을 들고 항복한다는 표정을 지었다. 형태는 아줌마한테 혼날 때도 늘 이렇게 먼저 불쌍한 표정을 지어서 위기를 모면하곤 했다. 머리손질을 끝내고 아래층으로 내려갔다. 맑은 아저씨는 식당 앞에서 기다리고 있었다. 시원이도 시간 맞춰 도착했다. 시원이 아줌마는 학교를 그만두는 것을 보류한다는 조건으로 시원이를 당분간 내버려 두고 있다. 무엇보다 시원이가 중간고사에서 전교 1등을 놓치지 않은 것이 한몫했다. 나라면 시험을 망쳐 버려서 반항을 했을 텐데. 시원이도, 형태도 언제 터질지 모르는 폭탄을 품고 하루하루를 살아가는 것 같았다. 물론, 나도 아빠라는 폭탄을 품고 있긴 하지만.

"자, 그럼 가 볼까?"

버스를 타고 가면서 아저씨가 당부를 했다.

"이따 애들 만나면 혹시나 불쌍하다거나 안됐다는 눈으로 쳐다보지 말고 그냥 편하게 대하면 돼. 재밌게, 편하게 놀아 주면 돼."

형태가 물었다.

"근데 형, 이런 봉사활동 다니면 오디션은 언제 봐요?"

이럴 때 보면 아줌마랑 형태는 꼭 닮았다. 실례라고 아줌마를 막을 때는 언제고.

"그게 말이야, 내가 보고 싶다고 보는 게 아니라 불러 줘야 보는 거거든. 지금은 내 프로필 만들어서 여기저기 올리는 중이야. 프로필 보고 연락이 와야 오디션 볼 자격도 생기는 거거든. 내가 갈 길이 좀 멀다."

맑은 아저씨가 멋쩍게 웃었다. 오디션도 연락이 와야 보는 건 줄 몰랐다. 사람들이 보는 눈이 이렇게 없어서야. 갈 길이 멀다는 말 속에 아저씨 마음의 무게가 전해지는 것 같았다.

아저씨를 따라 마포구청 근처에 있는 초등학교로 갔다. 운동장에 만국기가 휘날리는 모습에 괜히 기분이 좋아졌다. 형태는 스피커를 타고 나오는 동요를 따라 부르며 어깨를 들썩였다. 아까까지 무거웠던 마음이 흔들리는 만국기와 하나 둘 모이는 아이들 표정 속에서 점점 가벼워지는 것 같았다. 교문 밖에 노란색 장애인 전용 콜택시가 줄지어 도착하고 있었다. 아저씨한테 당부를 듣기는 했어도 아이들을 어떻게 봐야 할지 걱정됐다. 부모님과 함께 운동장에 들어오는 아이들 표정을 보니 괜한 걱정이라는 걸 알았다. 운동회라서 그런지, 아이들도 부모님들도 다들 표정이 밝았다. 아저씨는 진행팀 앞으로 가더니 과자가 든 봉지와 긴 막대를 들고 왔다.

"오늘 너희 미션이야. 줄에다가 과자 달아서 과자 따 먹기 진행해 줘."

형태는 과자 봉지를 받아들며 함박미소를 지었다.

"아직도 이런 걸 하는구나. 재밌겠다. 우리 줄 길이를 다르게 하자. 과자 따 먹기 어렵게."

시원이가 형태 머리를 쓰다듬으며 말했다.

"몸이 불편한 애들이잖아. 잘 따 먹을 수 있게 해 줘야지."

"역시, 너는 나보다 생각이 아주 조금 더 깊다. 헤헤."

낚싯줄에 과자를 다는 것은 생각보다 오래 걸렸다. 백 명이 넘는 아이들이 참여하는 게임이라서 과자 줄이 많이 필요했다. 맑은 아저씨는 여기저기 다니면서 사람들을 도와주기에 바빴다. 그 모습마저도 멋있어 보였다. 그냥 이 길로 나가도 될 것 같은데 왜 굳이 배우를 하겠다고 고생을 하는지 이해할 수 없었다.

여기저기에서 오신 대표님들의 지루한 축사가 끝나고 드디어 행사가 시작되었다. 학교 운동회처럼 질서정연한 행사와는 거리가 먼 행사였다. 애들이 마음대로 뛰어다니고 아무 때나 끼어들고 난리가 아니었다.

시원이와 형태가 과자 줄을 잡고 나는 과자를 잘 못 따는 애들을 도와주기로 했다. 첫 번째로 온 아이는 시각 장애를 가진 아이였다. 엄마 손을 잡고 온 아이는 냄새로 과자를 찾았다. 내가 가서 도와주려고 하자 아이 엄마가 나를 말렸다.

"유진아, 좀 더 오른쪽으로 가 봐. 그렇지! 발꿈치를 들면 닿을 수도 있겠다."

여자아이는 엄마가 말하는 대로 코를 킁킁거리며 과자를 찾으려고 애를 썼다. 과자가 유진이 입을 스쳐갈 때마다 내가 더 애가 탔다. 하지만 유진이 엄마는 직접 먹여 주지 않고 계속 설명을 해 주었다. 드디어, 유진이가 과자를 입에 물었다. 나도 모르게 박수가 나왔다. 유진이는 엄마 손을 잡고 다른 게임 장소로 이동했다. 그 모습을 보는데 뭉클했다. 그 마음도 잠시, 애들이 계속 몰려오자 슬슬 짜증이 났다. 형태가 인상을 찌푸리며 말했다.

"야, 옥탑방 형이 코스를 잘못 줬네. 애들이 안 하는 편한 게임도 많은데 과자 따 먹기는 다 하잖아."

어제까지 쌀쌀했는데 오늘은 덥기까지 했다. 날씨가 이렇게 제멋대로인 걸 보면 아무래도 지구의 종말이 그리 멀지 않은 듯싶었다. 따가운 햇볕까지 내리쬐자 더 죽을 맛이었다. 낚싯줄에 과자를 묶는다는 핑계로 그늘로 도망갔다. 과자를 묶으면서 보니 아까부터 계속 오는 애가 있었다. 어린이가 과자를 너무 많이 먹는 건 좋지 않다는 것을 가르쳐 주려고 아이를 불러 세웠다.

"얘!"

과자를 보고 춤을 추던 남자애가 나를 보고 토끼눈을 했다.

"너 아까부터 계속 왔잖아. 아무리 오늘이 운동회지만 과자만 너무 많이 먹으면 안 돼. 이제 다른 게임 장소로 가야지."

최대한 어른스럽게, 다독이듯 말을 했다. 별로 무섭게 하지 않았는데 그 애는 잔뜩 주눅이 들어서 고개를 갸우뚱거렸다.

"나, 나, 여기 처음인데?"

이번에는 내가 더 놀랐다. 시원이와 형태도 어깨를 으쓱해 보였다.

"어머, 거짓말은 더 나빠. 너 아까도 분명 왔잖아."

아이가 곧 울음을 터트릴 것 같은 표정으로 고개를 절레절레 흔들었다.

"나, 처음인데, 처음인데……."

지켜보고 있던 시원이가 나서서 아이에게 과자를 따 먹게 해 주었다. 괜한 짓을 했나 싶어 기분이 안 좋아졌다. 그늘에 앉아서 묵묵히 과자를 줄에 매달고 있는데 갑자기 시원이가 우리만 알아들을 수 있게 말했다.

"알았어! 다운증후군이야. 외모가 비슷하게 생겼다고 배우긴 했는데 이렇게 비슷할 줄 몰랐어."

시원이 말에 얼굴이 화끈거렸다. 아무것도 모르고 타박을 한 그 애한테 너무나 미안해졌다. 얼굴이 비슷하게 생겨서 찾아가서 사과를 할 수도 없었다. 우여곡절 끝에 점심시간이 되었다. 우리는 주최 측에서 도시락을 받아 벤치에 앉았다. 맑은 아저씨는 도시락 뚜껑을 일일이 벗겨서 우리한테 넘겼다. 그 자상함도 마음에 들었다. 역시, 내가 별명 하나는 잘 지었다. 아저씨를 보

면 나까지 맑아지는 것 같은 기분이 들었다. 아저씨가 도시락을
건네며 물었다.

"안 해 본 거라 힘들지?"

"재밌어요. 근데, 다운증후군이 원래 이렇게 비슷하게 생겼어
요?"

맑은 아저씨가 이마를 치며 안타깝다는 듯 말했다.

"아, 까먹었다. 외모가 비슷해서 나도 1학년 때 실수를 했었는
데. 미리 말해 준다는 게 깜빡했어. 미안."

아저씨도 그런 실수를 했다니 그나마 위로가 됐다.

"오늘 나오길 정말 잘한 것 같아요. 밥맛이 꿀맛이네!"

형태가 입 안 가득 음식을 넣고 말했다. 점심을 먹고 있는데 한
아주머니가 휠체어에 탄 아이를 데리고 맑은 아저씨를 찾아왔다.
휠체어에 탄 아이는 멀리서부터 손을 흔들며 소리를 질렀다.

"서언생님! 선생님!"

맑은 아저씨는 벌떡 일어나 반갑게 아이를 맞았다.

"로함아! 어떻게 왔어? 오늘 못 온다더니. 감기는 나았어?"

아이는 팔을 흔들며 장난스러운 표정을 지었다.

아저씨가 우리에게 손짓을 했다. 우리는 얼른 일어나서 인사
를 했다.

"로함아, 선생님이랑 같은 집에 사는 누나랑 형들이야. 나랑
일주일에 두 번씩 만나는 일곱 살 로함이야. 위로함. 이름 진짜

멋지지?"

저절로 우리 셋 고개가 끄덕여졌다. 정말 독특한 이름이었다. 형태가 내 손을 쿡 찌르며 물었다.

"우리나라에 위 씨가 있어?"

"으이그, 무식한 자식!

티격태격하는 우리를 보고 아저씨가 웃었다. 아주머니가 맑은 아저씨한테 도시락 통을 내밀며 말했다.

"로함이가 오늘 꼭 가야 한다고 떼를 써서 왔어요. 감기도 다 안 나았는데. 오늘 날씨가 좋아서 다행이에요. 식사 아직 다 안 하셨죠? 과일 좀 쌌는데 후식으로 드세요."

아저씨가 도시락 통을 받으며 말했다.

"로함이 선생님이랑 같이 점심 먹을래?"

"좋지요! 좋아요!"

일곱 살답지 않게 대답이 어른스러워서 웃음이 나왔다. 아주머니는 몇 번이고 로함이를 데리고 가려다 로함이 고집에 지고 말았다. 아주머니는 로함이만 남겨 두고 자리를 떠났다. 아저씨가 로함이 무릎에 도시락을 올려 주었다. 로함이는 밥에는 관심이 없고 우리들에게 훨씬 더 많은 관심을 보였다. 그러면서도 안 그런 척 아저씨하고만 얘기했다.

"선생님, 독이 든 뱀은 머리가 어떤 모양인지 알아요?"

김밥을 먹던 아저씨는 로함이의 질문이 익숙한 듯 미소를 지었다.

"글쎄 잘 모르겠는데? 어떤 모양이야?"

입술을 위로 올리며 로함이가 장난스러운 표정을 지었다.

"아이쿠, 선생님이 그걸 모르시면 어떡해요. 세모! 세모 모양
이잖아요. 아셨죠? 이제 세모 모양 뱀 만나면 무조건 도망가세
요. 네?"

똘똘하게 말하는 로함이를 보고 형태가 말했다.

"너 진짜 똑똑하다. 형은 공부하는 거 진짜 싫어하거든. 나 일
곱 살 때는 한글도 몰랐어."

형태의 말에 로함이는 더 신난 듯 자신이 알고 있는 모든 지
식을 다 말할 기세였다. 그런 로함이 입에 아저씨가 김밥을 넣어
주며 말했다.

"밥도 먹어야지. 그래야 생각이 더 잘 날걸?"

아저씨의 말에 로함이는 고개를 끄덕이며 오물오물 김밥을
먹었다. 내가 쳐다보자 로함이가 나를 향해 눈웃음을 지어 보였
다. 김밥을 넘기자마자 로함이가 오른팔을 들고 말했다.

"선생님! 저 이 누나한테 그림 그려 주고 싶어요."

맑은 아저씨는 로함이의 돌발행동이 익숙한 듯 휠체어 뒤에
걸린 가방에서 스케치북과 색연필을 꺼내 주었다. 로함이가 나를
잠자코 보더니 불편해 보이는 팔로 그림을 그리기 시작했다. 커
다란 나비를 그리고, 그 위에 동그라미 두 개를 이어 그리고, 팔

두 개와 다리 두 개를 그려 넣었다. 우리는 잠자코 로함이의 그림을 지켜보았다.

"누나 꿈이 뭐야?"

"꿈? 그런 거 없는데⋯⋯."

내 대답에 로함이는 실망스러운 표정을 지었다.

"나는 꿈이 이백 개도 넘는데. 내 거 하나 줄까?"

엉뚱한 로함이의 말에 우리는 다 웃음을 터트렸다.

"그럼, 하나만 줘. 나한테 어울릴 것 같은 걸로."

로함이는 한 손을 머리에 대고 생각하는 척하더니 말했다.

"어떤 꿈이 좋아? 행복한 거, 신나는 거, 재미있는 것 중에 골라."

고민할 필요도 없이 냉큼 대답했다.

"행복한 거!"

깜짝 놀란 듯 장난스럽게 웃으면서 로함이가 소곤소곤 말했다.

"사실, 이거 우리 이모랑 같이 하기로 한 건데 누나한테 줄게. 나는 내년에 파티를 할 거야. 벚꽃이 아주 많이 떨어질 때 벚꽃을 주워서 벚꽃 파티를 열 거야. 정말 행복하겠지."

"와! 정말 행복하겠다. 나 그 꿈 가질래!"

만족스럽다는 듯 로함이가 고개를 끄덕였다. 그러고는 스케치북에 나무를 한 그루 그리고 바닥에 꽃잎이 흩어져 있는 듯한 그림을 그렸다. 그림 옆에는 큼지막하게 글씨를 썼다.

나비를 타고 벚꽃 파티를 하는 행복한 날.

로함이는 만족스러운 듯 그림을 나한테 주었다.

"누나 선물이야."

"우리는?"

가만히 지켜보던 형태가 물었다. 로함이는 당황한 표정을 지으며 자꾸 다른 말을 했다. 아저씨는 로함이가 듣지 못하게 귓속 말을 했다.

"로함이는 남자 별로 안 좋아해. 그리고 손힘이 부족해서 더는 무리야."

형태는 얼른 스케치북을 들고 로함이에게 물었다.

"너 이 형이 얼마나 그림 잘 그리는지 모르지? 뭐 그려 줄까? 형이 다 그려 줄게."

아까까지 딴청을 부리던 로함이가 함박웃음을 지었다.

"나 곰이랑 펭귄이랑 재규어 좋아해! 크게 크게 그려 줘."

로함이와 그림을 그리며 놀다 보니 어느새 점심시간이 끝났다. 로함이 엄마가 로함이를 데리러 우리 쪽으로 왔다. 로함이는 아쉬운 표정을 지으며 아이들이 있는 곳으로 갔다.

멀어지는 로함이를 지켜보며 형태가 말했다.

"진짜 귀엽다. 무슨 이름이 저렇게 독특해요? 한번 들으면 절대 안 까먹겠어요."

"로함이네 부모님이 아기가 안 생겨서 십 년 동안 기도하면서 기다렸대. 아기가 태어나서 처음 안아 보는 순간 두 분 다 큰 위로를 받았대. 그래서 그렇게 지으셨다고 하더라."

이름의 뜻을 들으니 로함이가 왜 그렇게 사랑스러운지 알 것 같았다. 부모님의 사랑을 듬뿍 받은 아이는 뭐가 달라도 달랐다. 나는 로함이가 준 그림을 곱게 접어서 가방에 넣었다.

시원이가 물었다.

"근데 로함이는 어디가 아픈 거예요?"

"선천적으로 근육에 힘이 없어서 걷질 못해. 혼자서 앉지도 못하고 집에선 누워 있어야 해. 밥 먹을 때랑 이동할 때만 잠깐씩 휠체어에 앉아. 다행히 손 근육은 힘이 좀 남아 있어서 숟가락 정도는 들 수 있고."

할 말을 잃었다. 세상은 불공평한 게 확실하다. 오늘 새롭게 알게 된 사실은 세상은 나한테만 불공평한 게 아니라 여기 모인 아이들한테도 불공평하다는 것이다. 그런데 애들 표정을 보면 그렇지도 않은 것 같다. 다들 얼굴에서 웃음이 떠나질 않았다. 그 아이들을 보고 있으니 내 삐뚤어진 마음이 더 잘 보이는 것 같았다.

오후에는 장기 자랑이 진행되었다. 부자연스러운 몸으로 춤을 추고 노래를 하는 아이들을 부모님들은 흐뭇한 표정으로 바라보며 박수를 쳤다. 하지만 나는 이 자리가 너무나 불편했다.

아픈 아이들이 이렇게 많다는 걸 오늘 처음 알아서일까. 그동안 길에서도, 학교에서도 한 번도 만나지 못했던 아이들을 한꺼번에 봐서일까……. 그냥, 마음이 너무 무거웠다.

모든 프로그램을 마치고 정리를 끝내자 5시가 넘었다. 형태는 구석에서 애들에게 그림을 그려 주고 있었다. 형태가 그린 뽀로로와 피카추 그림은 인기 만점이었다. 맑은 아저씨가 서류를 들고 왔다.

"오늘 정말 고생 많았다. 나는 마저 뒷정리 하고 가야 해. 아까 내렸던 정류장 반대편에서 버스 타는 거 알지? 고생들 많았어. 조심히 들어가."

봉사활동 확인서를 아저씨한테 받아서 가방에 넣었다. 형태는 당장 낼 데도 없다고 투덜대면서도 서류를 잘 챙겼다. 아저씨랑 같이 집에 갈 것을 기대했는데 조금 아쉬웠다. 운동장을 나가는데 로함이가 보였다.

"응? 누나다!"

로함이가 알은체를 해서 우리도 손을 흔들어 주었다. 마침 노란색 장애인 콜택시가 도착했다. 시원이가 로함이에게 달려갔다. 형태와 나도 엉겁결에 따라갔다. 기사가 뒷문을 열자 휠체어가 올라갈 수 있는 장치가 내려왔다. 시원이와 형태는 로함이의 휠체어를 장치에 올렸다. 로함이 엄마는 안전벨트를 매 주며 인사를 했다.

"고마워요. 학생들. 잘 가요."

"누나, 형아들 또 봐!"

바깥으로 팔이 살짝 돌아간 로함이는 연신 팔을 흔들며 미소를 지었다. 그 미소가 정말 환해 보였다. 지금껏 누구에게서도 보지 못한 환한 미소였다. 처음 봤는데 어떻게 그렇게 해맑게 또 보자고 할 수 있을까. 그 나이 때 나를 떠올려 보았다. 고집스럽게 입을 꾹 다물고 아무한테도 웃어 주지 않던 내 모습. 로함이가 탄 차가 사라질 때까지 우리는 가만히 서 있었다.

정류장에 앉은 우리는 우두커니 앉아 버스를 기다렸다. 다들, 깊은 생각에 빠진 듯 아무 말도 하지 않았다. 버스가 오자 우리는 맨 뒷자리에 나란히 앉았다.

형태가 물었다.

"엄마는 어떠셔?"

"비슷해. 어제는 술까지 마셨어. 나 때문에 너무 쪽팔린대. 나도 생각 정리 중이야."

가장 정상적이라고 믿었던 시원이네 집도 문제가 조금씩 보이는 것 같았다. 그래도 시원이 아빠는 다를 것 같아 물었다.

"아빠는? 너네 아빠 교수님이잖아. 교수 중에도 짱이라며! 뭐라셔?"

"우리 아빠는 항상 똑같지. 교육은 엄마 담당이니까 둘이서 알아서 하래."

교수 아빠도 어쩔 수 없는 게 있는 것 같았다.

웅얼거리듯 시원이가 말했다.

"암담해……."

변비 때문인지, 그날이 다가와서 그런지 나도 모르게 확 짜증이 났다.

"야, 생상 3번이 뭐 어쨌다고! 연습하다 보면 늘겠지. 난 솔직히 너 배부른 소리로밖에 안 들려. 너처럼 다 가진 녀석이 뭘 그렇게 요란을 떠냐! 너라면 끔찍하게 다 챙겨 주는 엄마도 있고, 마음대로 써도 되는 카드도 있고, 우리 아빠 같은 찌질한 아빠가 있기를 하나, 도대체 뭐가 불만이냐? 아이씨! 그냥, 살어!"

버스 안에 있던 사람들이 일제히 나를 쳐다봤다. 상수역에 내릴 때까지 우리는 아무 말도 하지 않았다. 생각해 보니 시원이한테 너무 심하게 한 것 같았다. 정류장에 내려서 벌게진 얼굴로 시원이에게 사과를 했다.

"나 진짜 구리다. 미안. 그냥 나한테 화가 난 거야."

"너 안 구려. 알았어. 잘 생각해 볼게."

애들과 헤어져 집으로 가는 길이 쓸쓸하기 이루 말할 수가 없었다. 내 속에서 일어나는 이 복잡하고 미묘한 감정을 다스릴 길이 없었다. 교수 아빠에 대기업 임원인 엄마, 독일로 유학 간 누나, 근사한 이층집, 탄탄한 앞날. 시원이가 가진 것 중에 나는 한가지도 갖지 못했다. 그렇게 다 가진 녀석이 암담하다니.

현관문을 열자 소중이가 날 맞아 주었다. 아무도 없는 것보다 앞다리를 들고 반기는 동물이 있으니 그나마 나았다. 오늘 같은 날은 더더욱. 소중이가 내 주변을 빙빙 돌며 애교를 부리는데 갑자기 발랄하고 높은 톤의 로함이 목소리가 떠올랐다. 또 보자던 목소리가 귓가에 맴돌았다. 또 볼 날이 올지는 모르겠지만 귀여운 아이였다. 가방에서 로함이한테 받은 그림을 꺼내서 책상에 붙였다.

'나비를 타고 벚꽃 파티를 하는 행복한 날이 나에게도 올까……'

5
늘어진 테이프

저녁을 먹고 화방 할아버지와 아빠, 우리 할아버지가 거실에 모였다. 아빠는 싱글벙글 웃으며 커피를 끓였다. 수다는 쉬지 않으면서. 그 점은 형태 아줌마와 비슷했다.

"화면으로만 보던 배우들을 눈앞에서 보는 거, 진짜 신기하걸랑요. 김혜수 아시죠? 얼마나 얼굴이 작고 예쁜지 깜짝 놀랐다니까요. 배우들 사진 찍어서 제가 블로그에 올리걸랑요. 한번 보실래요?"

내가 노려보자 아빠는 얼른 입을 가렸다. 앞으로 '걸랑'은 쓰지 말라고 금지했으니까. 할아버지와 화방 할아버지는 아빠가 보여 주는 연예인 사진을 신기한 듯 보았다.

"옆으로 넘기면서 보세요. 저는 소중이 목욕 좀 시킬게요."

아빠는 소중이를 데리고 화장실로 들어갔다. 소중이 돌보는 데는 둘째가라면 서러울 정도로 열심이었다. 화방 할아버지가 화장실을 보며 조심스럽게 귓속말 하듯 말했다. 문제는 화방 할아버지의 귓속말은 주변에 너무나 잘 들린다는 것이다.

"동물 좋아하는 사람치고 못된 사람 없거든. 저 사람도 마음이 여린 것 같네. 여기저기서 사기 좀 당했겠어. 저런 사람들 사기 당하기 십상이지."

할아버지는 눈을 지그시 감고 고개를 끄덕였다.

"남자가 다부진 맛이 있어야 하는데 너무 여려."

화방 할아버지가 이번에는 할아버지 옆에 바짝 붙어서 귓속말을 했다.

"사랑의 작대기 있잖아, 자기소개가 중요하대. 자기소개 연습 좀 해 와. 이번에 여자 회원들이 괜찮다나 봐. 크크."

흠칫 놀란 얼굴로 할아버지가 나를 힐끔 쳐다보았다. 나는 화방 할아버지의 말을 못 들은 척 딴청을 피웠다. 화방 할아버지는 놀랍게도 노총각이다. 60대 할아버지에게 노총각이라는 호칭이 어울리는지 잘 모르겠지만 사실이다. 첫사랑에 실패한 뒤 할아버지는 독신으로 살기로 결심했다고 했다. 뭐든지 배우는 걸 좋아하는 할아버지는 항상 바쁘다. 이 년 전부터 춤을 배우기 시작한 할아버지는 춤에 푹 빠져 산다. 춤 이야기를 할 때면 할아버지는 얼굴 표정부터 달라졌다. 화방 할아버지는 뭐든지 우리 할아버지와 같이 하는 걸 좋아한다. 산에도 같이 다니고 배드민턴도 같이 쳤지만 딱 하나, 춤은 함께 하지 못했다. 화방 할아버지는 댄스는 춤이 아니라 운동이고 예술이라며 할아버지를 설득하곤 했다. 결국 우리 할아버지도 작년겨울부터 스포츠 댄스를 배우기 시작했다. 안 맞는다고 하면서도 할아버지는 빠지지 않고 잘 다녔다. 사랑의 작대기란 말에 할아버지 얼굴이 빨개지는 게 재미있었다. 사랑이라는 말은 나이 불문하고 설레게 하는 말인가 보다.

"시원하지? 우리 소중이 수고했어."

아빠가 소중이를 품에 꼭 안고 나오며 말했다. 뜨뜻한 수증기와 함께 샴푸 향이 났다. 큰맘 먹고 미용실에서 비싸게 주고 산 수분 샴푸를 소중이 목욕시키는 데 쓰다니 기분이 확 상했다. 똑같은 샴푸인데도 소중이 몸에서 나는 향기가 유난히 더 좋게 느껴지자 그것도 마음에 들지 않았다.

"내 샴푸 썼어?"

아빠는 당황한 듯 얼버무렸다.

"소중이가 예민해서 비누로 씻기면 피부가 빨개지거든. 걱정 마! 나도 비누 써! 소중이 씻길 때만 살짝 쓰는 거야. 소중이 샴푸 사다 놓을게. 미안해, 소월아."

아빠가 또 동정심을 불러일으키는 표정을 지었다.

"거, 좀 쓰면 어떠냐. 떨어지면 할애비가 사 주마."

할아버지 때문에 더 이상 화를 낼 수가 없었다. 화방 할아버지가 시계를 보며 말했다.

"오, 시간 됐네! 자네 여기서 나오는 거 맞나?"

언제 그랬느냐는 듯 아빠는 금세 밝아진 표정으로 텔레비전 앞으로 달려갔다. 엑스트라인 아빠가 화면에 비칠 리 없다는 데에 한 표를 걸고 방으로 들어왔다. 문을 닫으려는 찰나, 소중이가 쪼르르 문틈으로 들어왔다. 오른발로 소중이를 밀어내자 안 나가려고 버티기까지 했다. 볼수록 아빠의 뻔뻔함을 쏙 빼닮은 녀석이었다. 하는 수 없이 문을 닫고 의자에 앉았다. 소중이는 내 발치에 얌전히 엎드려 있었다. 정말 알 수 없는 녀석이다. 예뻐하지도 않는데 나를 따르는 이유를 정말 모르겠다.

며칠째 화장실을 못 갔더니 배가 불룩해 있었다. 가만 뒀다가는 교복 치마도 안 맞을 판이어서 변비약을 들고 한참을 고민했다. 점점 내성이 생겨서 처음엔 한 알이면 충분했는데 이제는 세 알쯤 먹어야 신호가 왔다. 약을 먹는 모습을 물끄러미 올려다보던 소중이가 내 발을 핥았다. 내가 아프기라도 하는 줄 안 모양이었다. 생각보다 귀여운 구석이 있는 녀석이었다.

"소월아, 화방 할아버지 내려가신다!"

할아버지가 부르는 소리에 벌떡 일어나 거실로 나갔다. 화방 할아버지가 새끼손가락을 들어 보이며 장난스러운 표정을 지었다.

"느이 아빠 요오만 하게 나왔드라. 요새 미술 시간에 필요한 재료 없냐? 딴 데서 몰래 사지 말고 갖다 써."

"고등학생들은 미술 잘 안 해요. 그 시간에 다른 과목 공부하기 바빠요."

고개를 절레절레 흔들며 화방 할아버지가 신발을 신었다.

"교육을 그렇게 하면 안 되지. 그림도 배우고 그려 보기도 해야 감성이 생기지. 아, 요즘 교육 현실을 보면 답답해! 그러니까 자꾸 이 사회가 더 악해지는 거야. 감정이 메말라 가니까 점점 범죄도 흉악해지는 거라고. 미술 교육, 음악 교육, 문학 교육이 얼마나 중요한데!"

할아버지는 화방 할아버지 등을 떠밀며 말했다.

"어여 내려가. 교육 현실은 자네 말고도 걱정할 사람 많어."

방으로 들어와 컴퓨터 앞에 앉았다. 검색창에 '변비'를 쳐 보았다. 변비에 좋다는 수많은 민간요법이 나왔다. 웬만한 건 다 해 본 것들이었다. 거실에서 아빠가 쉬지 않고 말하는 소리가 들렸다. 할아버지는 이따금 한 번씩 대꾸를 해 주었다. 재잘대는 아이처럼 아빠는 무슨 할 말이 그리 많은지. 내가 아빠를 닮지 않은 건 정말 감사한 일이었다.

"소월아, 아빠 좀 들어가도 돼?"

대답하기도 전에 아빠가 빠끔히 문을 열고 들어왔다. 아빠는 머리를 긁적이며 내 방을 휘 둘러보고는 명함을 내밀었다.

"소월아, 아빠 명함 나왔걸랑. 아빠 촬영 가면 무슨 일 있을 때 전화도 하고 그래."

아빠가 건네준 명함에는 'Actor김빈'이라고 적혀 있었다. 한숨이 절로 나왔다.

"웬 필명? 김상배가 어디가 어때서?"

"그 이름이 좀 많이 촌스럽잖아. 원래 이 계통이 기억에 강하게 남는 게 중요하거든. 김상배는 기억에 잘 안 남으니까……."

내 눈치를 살피던 아빠가 소중이에게 손짓을 했다.

"소중아! 언니 공부하는 데 방해하지 말고 이리 나와! 아빠랑 나가자!"

언니라니, 정말 기가 막혔다. 이 무슨 콩가루 집안의 향기인지.

"그럼, 공부해."

아빠는 소중이를 데리고 방을 나갔다. 아빠 명함을 다시 한 번 보았다. 도대체 언제쯤 철이 들지 명함을 볼수록 암울해졌다.

마당 벚나무에서 새들이 지저귀는 소리에 눈이 떠졌다. 맑은 아저씨가 온 뒤로 아침엔 늘 기분이 좋았다. 아저씨 얼굴을 보고 하루를 시작한다는 건 정말 기쁜 일이었다. 창문을 열자 신선한 봄기운이 훅 들어왔다. 깔끔하게 드라이를 마치고 교복을 입자 여느 때와 다름없이 일층에서 아줌마가 치는 종소리가 들렸다. 할아버지와 아빠는 먼저 내려가고 없었다. 1층에 내려가자 남자

서너 명이 우리 빌라 앞을 서성이고 있었다. 내가 내다보자 나를 발견한 사람들이 다가와 말을 걸었다.

"학생, 여기 혹시 김상배 살고 있나?"

"네. 근데 왜요?"

내가 식당을 쳐다보자 남자들도 식당을 쳐다보았다. 그러더니 다짜고짜 식당 문을 열고 들어갔다. 식탁에 밥을 놓던 아빠가 남자들을 보고 허둥지둥 식탁 밑으로 숨었다. 그렇다고 그 사람들이 못 봤을 리가 없었다. 남자들이 식탁 밑으로 들어간 아빠를 거칠게 끌어냈다.

"그래, 서울로 튀면 우리가 못 찾을 줄 알았냐? 응? 돈을 빌려 갔으면 갚아야 할 것 아니야? 사람이 뒤가 구리면 안 되는 거걸랑."

아빠가 남자들에게 사정을 했다.

"나가서 얘기하시죠. 여기 어른들도 계시고……."

아줌마가 허리에 양손을 얹고 말했다.

"누구신데 아침부터 교양 없이 남의 집에 와서 행패예요?"

한 남자가 아니꼽다는 표정으로 말했다.

"아, 교양! 교양은 저 자식이 돈 떼먹은 다음부터 사라진 지 오래지. 야, 김상배! 돈 떼먹고 숨으면 못 찾을 줄 알았냐?"

"올라가서 나랑 얘기 합시다."

잠자코 앉아 있던 할아버지가 일어났다. 한 걸음 뗀 할아버지가 휘청거렸다. 나는 얼른 달려가서 할아버지를 부축했다. 남자들은 할아버지를 따라 우리 집으로 올라왔다. 아빠는 어린애처럼 훌쩍거리며 따라왔다.

거실에 빚쟁이들과 아빠가 나란히 앉았다. 아빠는 그 사람들에게 울먹이며 말했다.

"내가, 꼭, 돈 벌어서 내려간다니까 이렇게 찾아오면 어떡합니까."

깡패처럼 생긴 남자가 주먹으로 방바닥을 내리치며 말했다.

"전화번호도 바꾸고 도망갔는데 무슨 수로 기다려? 너 찾으려고 우리가 서울 시내를 다 뒤졌어!"

거실에 앉은 할아버지가 헛기침을 했다.

"빚이 다 얼마요."

남자들이 갑자기 공손한 태도로 바뀌어서는 굽실거리듯 말했다.

"아이고, 어르신! 그렇습니다. 저희도 이자까지 받을 욕심 없습니다. 깔끔하게, 원금만, 원금만 받을 생각입니다. 사위 분이진 빚 얼마 안 됩니다. 약소하게 삼천만 원 정도 됩니다."

억울한 듯한 목소리로 아빠가 소리쳤다.

"이보세요, 원금은 그게 아니잖아요!"

한 남자가 들고 있던 종이를 할아버지 앞에 내밀었다. 아빠가 쓴 각서였다. 할아버지는 조용히 각서를 읽더니 한참 만에 입을 뗐다.

"은행 문 열면 적금 깨서 갚아 주리다. 그러니, 소란 피우지 말고 이따 은행 앞에서 만납시다."

빚쟁이들은 신이 난 얼굴로 몇 번이나 인사를 하고 집을 나갔다. 문을 열자 문 앞에 서 있던 아줌마와 형태, 화방 할아버지, 시원이가 난감한 표정을 지었다. 나는 얼른 문을 닫아 버렸다. 아빠는 창피한 것도 모르고 엉엉 울었다.

"장인어른, 이러려고 나타난 게 아니걸랑요. 저 정말 열심히 벌어서 갚을 생각이었걸랑요. 절대, 돈 떼먹을 생각 없었어요. 믿어 주세요. 장인어르으은."

화가 난 얼굴로 할아버지가 일어섰다.

"소월이 얼른 학교 가라."

할아버지가 방으로 들어가자 아빠는 할아버지 방문 앞에서 대성통곡을 했다.

"장인어른 평생 구두 닦아서 번 돈을 이렇게 쓸 수는 없습니다! 장인어른 저 그냥 감옥 가겠습니다. 장인어르으은!"

할 말이 없었다. 현관문을 닫고 집을 나왔다. 빌라 앞에 여전히 그 남자들이 서 있었다. 할아버지가 나올 때까지 기다릴 모양인 것 같았다. 할아버지가 평생 힘들게 번 돈을 아빠 빚 갚는 데 쓴다는 게 너무 아까웠다.

'처음부터 쫓아냈으면 이런 일은 없었을 텐데. 삼천만 원을

모으려면 할아버지가 몇 년 동안 구두를 닦아야 할까…….'

일찍 딸을 잃은 것도 서러운데, 갓난쟁이를 버려 두고 도망간 사위 빚까지 갚아 줘야 하는 할아버지가 너무 안쓰러웠다. 아니, 빚까지 있으면서 무턱대고 나타난 아빠가 원망스러웠다. 이렇게 우리를 흔들어 놓을 거면 차라리 나타나지 말지. 이제껏 아빠한테 아무것도 받아 본 적 없는데 이런 비참한 상황을 겪어야 하는 게 화가 났다. 아무한테나 막 쏘아 대고 싶은 심정이었다. 세상은 줄곧 나한테만 불공평한 게 확실하다. 더 살고 싶지가 않았다.

분위기 파악을 한 시원이가 나를 쫓아왔다. 내가 노려보자 멀찍이 떨어져서 내 뒤를 따라왔다.

"학교 안 가나?"

"너 가는 거 보고."

학교에 가고 싶은 마음이 전혀 없었다.

"너나 빨리 학교 가라."

시원이를 보내고 무작정 지하철역으로 갔다. 서울을 벗어나고 싶었다. 딱히 정한 곳은 없었다. 그냥 발길 닿는 대로 내릴 작정이었다. 가방을 조금만 열고 손을 넣어 카세트 재생 버튼을 눌렀다. 스마트폰 하나로 뭐든지 해결하는 요즘, 이 카세트를 꺼내면 사람들은 눈을 동그랗게 뜨고 쳐다보곤 했다. 그 시선이 싫어서 밖에서는 카세트를 꺼내지 않았다. 엄마 카세트가 노래를 들려주었다. 기타 연주에 뒤이어 걸쭉한 목소리가 나왔다.

　　장막을 걷어라, 나의 좁은 눈으로 이 세상을 펴 보자. 창문을
열어라, 춤추는 산들바람을 한 번 더 느껴 보자. 가벼운 풀밭 위로
나를 걷게 해 주세. 온갖 새들의 소리 듣고 싶소. 울고 웃고 싶소,
내 마음을 만져 줘. 나는 행복의 나라로 갈 테야…….

행복의 나라로 가겠다는 노래가 꼭, 내 마음을 대신해 주는
것 같다. 전에는 목소리가 마음에 안 들어서 그냥 지나쳤던 노래
다. 듣다 보니 가사가 참 좋았다.

　　아, 나는 살겠소, 태양만 비친다면 밤과 하늘과 바람 안에서 비
와 천둥의 소리 이겨 춤을 추겠네. 나는 행복의 나라로 갈 테
야…… 광야는 넓어요, 하늘은 또 푸러요. 다들 행복의 나라로 갑
시다. 다들 행복의 나라로 갑시다.

이 노래를 계속 반복해서 듣다 보면 행복의 나라로 갈 것만
같았다. 애잔한 하모니카 연주가 내 마음을 흔들었다. 가방 안에
서 손을 움직이기가 불편해서 카세트를 꺼냈다. 옆 사람이 힐끔
거리며 카세트를 보았다. 되감기 버튼을 눌러서 노래를 반복해
서 들었다. 하모니카 연주가 나올 때마다 눈물이 나오려고 했다.

푸른 하늘 아래서 가벼운 풀밭 위를 걷고 싶었다. 지하철 노선표를 보는데 대공원역이 눈에 들어왔다. 아빠와 처음이자 마지막으로 놀러 갔던 곳. 하필 왜 그 역이 눈에 들어왔는지 모른다. 그곳에 가면 노는 아이들 소리도, 푸른 하늘도 볼 수 있을 것 같았다. 4호선으로 갈아타고 대공원역으로 향했다.

아침이라 그런지 대공원역은 한산했다. 긴 에스켈러이터를 타고 올라가자 대공원으로 올라가는 입구가 보였다. 줄지어 늘어선 가로수들이 햇살 아래서 연둣빛 잎들을 반짝이고 있었다. 꽉 막혔던 마음이 조금씩 뚫리는 것 같았다. 대공원 입구에 가자 코끼리 열차가 보였다. 어릴 때는 코끼리 열차가 엄청 커 보였는데 정말 실망스러웠다. 표를 사서 코끼리 열차에 올랐다. 이 아침에 코끼리 열차를 타는 사람은 나 혼자뿐이었다.

'그때는 아빠 옆에서 행복한 표정을 지었을 테지.'

곳곳에 페인트칠이 벗겨진, 덜컹거리는 코끼리 열차를 타고 동물원으로 올라갔다. 어쩌면 행복은 콩깍지일지도 모른다. 누군가는 나와 같은 열차를 타면서 그 시절 나처럼 행복해할 것이다. 단지, 함께한 사람 때문에. 그 생각을 하자 씁쓸한 웃음이 나왔다. 아빠와 나에게 그랬던 때가 있었다는 사실이.

동물원은 고요하기까지 했다. 우리에 갇혀 있는 동물들을 보자 가슴이 더 답답해졌다. 동물원 초입에 있는 늑대 눈빛이 너무 불안해 보였다. 혼자 있어서 그런 건지, 고향이 그리워 그런 건지 늑대를 보는데 너무 안타까웠다. 조금 더 들어가자 넓은 공간에 코끼리들이 한적하게 거니는 모습이 보였다. 풀도 없는, 여기저기가 움푹 팬 초라한 땅이 코끼리들의 공간이었다. 몇몇 코끼리들은 움직이는 것도 귀찮은지 한군데 모여 있었다. 오랫동안 움직이지 않으니까 꼭 사물처럼 보였다. 한참 만에 한 코끼리가 느린 걸음으로 움직이자 코끼리 등에 있는 상처가 보였다. 두꺼운 등가죽에 손바닥만 하게 난 상처는 아무는 중이었다. 코끼리 몸이 온통 회색 가죽이라서 상처가 더 잘 띄었다. 가슴이 먹먹해졌다. 더 이상 어릴 때 신기해하며 보던 동물원이 아니었다. 우리에 갇혀 있는 동물들은 하나같이 답답해 보였다. 초점 없는 눈빛들이 나를 더 슬프게 했다. 우리 모두 행복의 나라로 가야 할 것 같았다.

동물원을 나오자 나무로 된 푯말에 미술관 가는 길이라고 적혀있었다. 자연스럽게 미술관으로 걸음을 옮겼다. 미술관에는 사람이 더 없었다. 미술관 앞 의자에 앉았다. 햇빛도 좋고, 바람도 좋았다. 오늘 우리 집에 일어난 일을 곰곰이 생각해 보았다. 아니, 아빠가 나타나기 전으로 돌아가서 곰곰이 생각해 보았다. 나와 할아버지는 어떤 상태였던가. 나는 그럭저럭 공부하며 말썽 안 피우는 착한 손녀였고, 할아버지는 날마다 자신의 일을 충실하게 하는 나의 보호자였다. 우리 집은 아빠가 오기 전까지는 나무랄 데가 없었다. 아빠가 오고 모든 게 엉망이 되고 말았다.

나보다 할아버지가 걱정이었다. 마음껏 반항할 수 있는 시원이가 부럽기까지 했다. 나도 평범한 엄마 아빠가 있었다면 반항을 했겠지. 가끔 악몽을 꾼다. 할아버지마저 나를 버리고 나 혼자 남겨지는 꿈. 그 꿈을 꾸고 나면 언제나 베개가 흠뻑 젖어 있었다.

미술관으로 들어갔다. 미술책에서 봤던 백남준의 '다다익선'이 눈에 들어왔다. 수많은 텔레비전이 쌓인 탑에서 쉴 새 없이 영상이 쏟아져 나왔다. 온갖 생각으로 뒤엉켜 버린 내 머릿속을 보는 것 같았다. 미술관의 테마는 설치 미술이었다. 세계 각국의 설치 미술품이 전시되어 있었다. 하나같이 이해할 수 없었다. 아빠와 나처럼, 서로 어울리지 않는 것들을 아무렇게나 놓고 제목만 그럴싸하게 붙인 것 같았다. 순, 사기 같았다. 이런 게 예술이면 나도 할 수 있을 것 같았다. 문득, 빵으로 만든 집이 생각났다. 담은 잘 구운 갈색 빵들을 차곡차곡 올려서 만들고 현관 입구에는 아기자기한 크로와상을 줄에 묶어 드리우고 빵으로 만든 온갖 가구들……. 빵을 생각하자 배가 몹시 고팠다. 갓 구운 빵이 간절히 먹고 싶었다.

"순, 사기야!"

구시렁대며 전시장을 나왔다.

"학교 안 간 불량 청소년 치고 미술관은 너무 고급이다."

뒤돌아보니 시원이가 커다란 봉투를 들고 서 있었다. 내가 노려보는데도 아랑곳하지 않고 웃으며 봉투를 내밀었다.

"너 아침도 못 먹었잖아. 빵순이라서 빵 사 왔어. 야, 덕분에 나도 소풍 기분 나고 좋다."

"응큼한 자식! 계속 따라다닌 거야?"

시원이는 대답도 하지 않고 빵을 내밀었다. 구운 지 얼마 안 됐는지 따뜻한 온기가 남아 있었다. 따뜻한 빵과 달달한 주스까지 마시자 내 마음에 평화가 찾아오는 것 같았다.

"괜찮지?"

걱정스러운 얼굴로 시원이가 물었다. 나를 걱정해서 결석까지 해 가며 여기까지 따라온 녀석이 기특했다. 빵까지 사 와서 나를 감동시킨 시원이한테 뭔가를 주고 싶었다.

"이 노래 들어 볼래?"

아침부터 계속 들었던 노래를 시원이에게 들려주었다. 이어폰을 받으며 시원이는 설레는 얼굴로 나를 쳐다보았다. 기타 연주와 함께 노래가 시작됐다.

아, 나는 살겠소, 태양만 비치인다아면……

이럴 수가. 갑자기 테이프가 늘어지기 시작했다. 화들짝 놀라서 정지 버튼을 눌렀다. 할아버지가 너무 많이 들으면 테이프가 늘어질지도 모른다고 했는데 정말 늘어져 버렸다. 무슨 기분이 이렇게 롤러코스터인지. 금세 우울해졌다. 카세트를 열어 노래 제목을 확인한 시원이는 스마트폰으로 검색해서 노래를 들려주었다. 시원이 스마트폰에서 같은 노래가 흘러나왔다. 하지만 뭔가 다른 느낌이었다. 하필, 오늘 같은 날, 테이프까지 늘어지다니. 세상은 줄곧 나한테만 불공평한 게 확실하다.

6
또 하나의 객체

"너 괜찮겠냐?"

오늘 시원이는 나 때문에 제대로 일탈을 했다. 시원이 아줌마가 가만히 있지 않을 것 같아 걱정되었다. 시원이는 걱정하지 말라며 나를 바래다주고 돌아갔다. 집에 들어가자 소중이가 처량한 얼굴로 나를 맞았다. 아빠가 보이지 않았다. 설마, 이런 분위기에 촬영을 갔을 것 같지는 않았다. 혹시나 해서 아빠 방을 들여다봤더니 가방이 없었다. 더 생각하기도 싫어 내 방으로 갔다. 책상 위에 하얀 봉투가 놓여 있었다. 봉투를 열었더니 편지가 있었다.

소월아, 정말 면목이 없다. 배우로 성공해서 꼭 내 힘으로 빚

갚고 싶었어. 내 마음을 꼭 알아줬으면 한다. 차마, 네 얼굴을 볼 수가 없어서 집을 나가기로 결심했어. 네 말처럼 각자 인생 살자. 꼭, 돈 벌어서 할아버지 돈 갚을 거야. 믿어 줘. 염치없지만, 소중이 잘 부탁해. 먼 훗날, 아빠다운 모습으로 꼭 나타날게. 소월아, 비겁한 아빠를 용서하지 마. 왜 내 인생은 늘 이 모양인지 모르겠어. 잘해 보려고 하면 항상 더 꼬이기만 해. 마지막으로 이것만은 알아줬으면 좋겠어. 난 널 버리지 않았어. 못난 내가 걸림돌이 될까 봐 도망친 거야. 그래도 너를 사랑하는 마음은 한 번도 변한 적이 없었어. 못난 아빠가.

진짜 못났다. 지금 가출해야 할 사람이 누군데……. 결국 또 혼자 도망치다니. 소중이까지 떠넘기고. 편지가 아빠라도 되는 양 뚫어져라 노려보았다. '먼 훗날'이라는 단어가 종이 밖으로 나와 둥둥 떠다니는 것 같았다.

'먼 훗날…….'

과연, 아빠는 먼 훗날 아빠다운 모습으로 나타날 수 있을까? 아무리 믿어 보려 해도 믿음이 가지 않았다. 아빠가 나타나고 모든 게 엉망진창이 돼 버렸다. 첫날, 술 취해 거실에 쓰러져 있던 아빠에게 이불을 덮어 주던 할아버지의 뒷모습이 떠올랐다. 할아버지가 이 사실을 알면 얼마나 속상하실까.

답답해서 창문을 활짝 열었다. 창틀에 쌓인 먼지가 보였다. 내

친김에 창틀을 닦고, 이불도 털며 대청소를 했다. 내 방을 다 뒤집었는데도 뭔가 아쉬워서 할아버지 방문을 열었다. 훅 끼치는 할아버지 냄새…… 어릴 때는 할아버지 냄새가 좋았는데, 언제부턴가 할아버지 방에서 노인 냄새가 났다. 창문을 활짝 열어 환기를 시켰다.

본격적인 청소에 돌입했다. 먼저 앉은뱅이책상 밑에 있는 쓰레기통을 비웠다. 할아버지 쓰레기통에서 나온 쓰레기는 대부분 두통약 껍질이었다. 두통약만 먹지 말고 병원에 가 보라고 해도 할아버지는 말을 듣질 않았다. 변비약이 내성이 생기듯, 두통약도 내성이 생겨서 잘 듣질 않을 텐데. 쓰레기통을 탈탈 털고 뚜껑을 닫으려는데 맨 밑바닥에 종이가 붙어 있었다. 뭔가 해서 펼쳐 봤더니 할아버지가 쓴 자기소개서였다. 구겨진 종이를 펼쳐서 읽어 보았다. 취미와 특기를 여러 번 지운 흔적이 보였다. 볼펜으로 죽죽 그어진 부분을 자세히 들여다보니 할아버지는 특기에 '열린 사고'라고 써 놓았다. 그 옆에 괄호 치고 '보수 성향'이라고 쓴 것을 보고 갑자기 웃음이 터졌다. 열린 사고가 특기인 할아버지가 보수 성향이라니. 할아버지한테도 귀여운 면이 있었다.

"아, 댄스 학원!"

생각해 보니 오늘 저녁은 댄스 학원에서 사랑의 작대기가 있는 날이었다. 시간을 보니 벌써 5시였다. 나는 할아버지가 결혼

식에 갈 때만 입는 외투를 들고 구둣방으로 달려갔다. 구둣방 문을 열자 할아버지가 놀란 얼굴로 쳐다보았다.

"여긴 왜 왔어?"

"그냥."

걱정스러운 얼굴로 할아버지가 물었다.

"아빠 일은 잘 해결됐어. 놀랐지. 아침에."

나는 고개를 내저었다.

"아빠 얘기는 그만. 오늘 댄스 학원 가는 날이잖아. 사랑의 작대기도 한다며. 치사하게 화방 할아버지 혼자 간 거야? 와, 무슨 친구가 그래!"

헛기침을 하며 할아버지가 어색한 표정을 지었다.

"오늘은 손님이 많아서 안 간 거야. 흠."

"에이, 손님 하나도 없고만! 빨리 가. 이렇게 좋은 날 빠지면 어떡해!"

손사래를 치며 할아버지가 나를 밀었다.

"어여 집에나 가. 내가 다 알아서 혀."

나는 할아버지를 일으켜 세웠다.

"그러지 말고, 빨리 가. 할아버지가 그랬잖아. 나한테 즐겁게 살라고. 나도 할아버지가 즐겁게 사는 게 좋단 말이야. 화방 할아버지만 여자 친구 생기면 어떡할 거야?"

배시시, 할아버지가 웃었다.

"다 늙어서 여자 친구는 무슨."

나는 들고 간 외투를 할아버지한테 건넸다.

"잠바 벗고 이거 입고 가. 그래야 한 표라도 더 받지!"

대충 정리를 하고 할아버지와 함께 구둣방을 나왔다. 문을 잠그려고 보니 할아버지 신발이 문제였다. 내가 눈치를 주자 할아버지는 머리를 긁적이며 신발을 바꿔 신고 나왔다. 빠른 걸음으로 댄스 학원을 가는 할아버지의 뒷모습이 꼭 아이 같았다. 오른쪽 어깨가 훨씬 기운 채, 절룩거리며 걸어가는 할아버지 뒷모습을 오래 보고 있기는 힘들었다. 문득, 할아버지 쓰레기통에 있던 두통약 껍질이 떠올랐다. 그리고 지금 내가 해야 할 일이 떠올랐다. 할아버지가 알아채기 전에 집 나간 아빠를 찾아야 했다. 정말 그러고 싶지 않았지만 내가 할아버지를 위해 할 수 있는 최선이었다.

'아! 명함!'

아빠가 줬던 명함이 생각났다. 집으로 달려가서 명함을 찾아 아빠한테 전화를 걸었다. 역시나 휴대폰 전원이 꺼져 있었다. 나는 아빠한테 문자 메시지를 보냈다.

이번이 마지막 기회야. 만약, 오늘까지 안 들어오면 나 다시는 아빠 안 봐. 절대 안 봐. 올 때는 마음대로 들어왔어도 갈 때는 마음대로 못 가. 우리 가족이 되고 싶으면 오늘 안으로 당장 들어와.

이 정도면 겁을 먹을 것 같았다. 아빠는 겁쟁이니까. 정신없이 나오는 바람에 온 집 안 창문이 다 열려 있었다. 할아버지 방 창문을 닫으면서 처음으로 기도를 하고 싶어졌다. 할아버지가 꼭, 사랑의 작대기를 받을 수 있도록. 할아버지 손에 핸드로션이라도 발라 줄걸 후회됐다.

제발, 할머니들 시력이 안 좋아서 할아버지의 투박한 손을 보지 못하기를······.

아빠한테서 답장이 없었다. 소중이가 눈치를 보며 내 앞으로 왔다. 뭔가 눈치가 있는지 내 주위만 뱅뱅 돌았다.

"이리 와!"

내 말이 끝나기가 무섭게 소중이가 내 무릎으로 점프를 했다. 소중이를 안자 샴푸 냄새가 났다. 떠나기 전에 아빠가 목욕을 시킨 모양이었다. 참, 대단한 애견가 나셨다. 샴푸 냄새를 맡자 괜히 소중이가 얄미워 바닥에 내려놓았다. 다시 시무룩해진 얼굴로 소중이가 눈치를 살피며 내 주위를 뱅뱅 돌았다.

"그래, 네가 무슨 죄냐."

개껌이 들어 있는 봉지에서 껌을 꺼내서 소중이한테 주었다. 소중이는 개껌을 물고 잘 놀았다.

"너희 아빠 어디 갔냐? 응? 오늘 안으로 안 들어오면 진짜 끝인데!"

저녁 늦게 할아버지가 들어왔다. 할아버지 얼굴이 조금 밝아진 것 같았다. 차마, 할아버지한테 아빠가 또 집을 나갔다고 말할 수가 없었다.

"아빠 지방 촬영이 길어져서 이번에 이삼 일 걸리나 봐."

할아버지는 내 말을 믿고 방으로 들어갔다. 문자를 확인하긴 했을 텐데, 진짜 마음에 안 들었다. 그때 휴대폰 벨이 울렸다. 아빠가 아니라 형태였다.

"뭐해? 시원이랑 같이 놀이터에 있어. 올래?"

이런 기분으로 애들을 만나고 싶지 않았다.

"피곤해. 잘래."

전화를 끊고 불을 껐다. 내 방에 불이 켜진 걸 보면 또 전화를 할지 몰라서. 잠이 오지 않았다. 내가 이렇게까지 자비를 베풀었는데 아빠가 답장을 안 한다는 게 화가 났다. 정말 끝이다. 이제 진짜 끝이다. 한참을 뒤척이다 일어났다. 잠이 오질 않았다. 아빠 때문이었다. 모든 게 아빠 때문이었다.

문자 알림음이 울렸다. 형태였다.

우리 지금 옥탑방 형 만났어. 아이스크림 사 준다는데?

자리에서 벌떡 일어났다. 베개에 뒷머리가 좀 눌린 것 같았다. 드라이어를 꺼내서 정성껏 드라이를 하고 놀이터로 달려 나갔다. 맑은 아저씨만이 나를 모든 근심으로부터 벗어나게 해 줄 수 있었다. 트레이닝복 차림으로 맑은 아저씨와 애들은 농구를 하고 있었다. 나는 잠자코 앉아서 농구가 끝날 때까지 기다렸다. 나를 발견한 시원이가 손을 흔들었다. 게임이 끝나고 세 사람이 내 쪽으로 걸어왔다. 내 눈에는 맑은 아저씨밖에 안 보였다.

"왔어? 와플 어때?"

나는 고개를 끄덕이며 자리에서 일어났다. 오늘 아침 아빠 사건 때문에 아저씨를 보기가 여러모로 민망했다. 그런 내 마음을 눈치챘는지 아저씨는 전보다 더 맑게 웃어 주었다. 놀이터 근처에 있는 와플 카페로 갔다. 형태는 큼지막한 와플을 두 개나 시켰다. 아저씨를 생각해서 한 개만 시키려고 했는데 형태 때문에 망했다.

"참, 지난번에 형태가 그려 준 그림 말이야. 로함이가 자기 방 벽에 붙여 뒀대. 로함이한테 인정받기 어려운데 말이야. 나중에 훌륭한 화가가 되겠어."

아저씨의 말에 형태가 어색하게 웃었다.

"으아, 역시 애들이 작품을 보는 눈이 있네요. 헤헤."

아저씨는 와플이 나오자 나이프로 먹기 좋게 잘라 주었다. 매너가 몸에 밴 것 같았다.

아저씨가 먹기도 전에 형태가 와플을 날름 집어 먹으며 물었다.

"형, 그런 행사 이제 안 가도 되는 거 아니에요?"

"그런 행사에는 늘 사람이 부족해. 같이 전공한 친구들이 다 재활 치료사로 있으니까 친구들이 부르면 가는 편이야. 학교 다닐 때 휠체어 농구팀이었거든. 그 친구들이랑 죽이 잘 맞아서 잘 뭉치지."

휠체어 농구는 처음 들어 보는 말이었다.

"휠체어 농구가 뭐예요?"

"아, 장애우들 중에 선천적인 장애를 가진 분들도 있지만 후천적으로 장애를 가진 분들도 많아. 그분들에게 맞춰서 휠체어 농구가 나온 거지. 장애인 올림픽 대회 종목 중에 휠체어 농구는 인기 종목이야. 우리 과에 휠체어 농구 동아리가 있어서 우리도 열심히 했지. 여기 손이 그 흔적."

아저씨가 두 손바닥을 우리에게 보여 주었다. 손바닥에 딱딱한 굳은살이 박인 게 보였다. 아저씨가 말했다.

"아무리 연습을 해도 막상 장애인 농구팀 만나면 우리도 꼼짝 못해. 정말 막강하거든."

형태가 구시렁대듯 말했다.

"아니, 사지 멀쩡한 사람들이 왜 굳이 휠체어를 타고 농구를 해."

내가 노려보자 형태는 얼른 입을 막았다. 맑은 아저씨는 삶 자체가 우리와 다른 것 같았다. 하는 말 속에도 열정이 보이고, 삶의 태도에도 열정이 보였다.

시원이가 물었다.

"전공하고 전혀 다른 일을 하려고 하는 거잖아요. 부모님이 반대하지 않으셨어요?"

맑은 아저씨가 처음으로 한숨을 내쉬었다.

"부모님 생각하면 죄송하지. 처음엔 반대를 많이 하셨는데 지금은 괜찮아지셨어. 엄마는 어떤 날은 열심히 해 보라고 했다가, 어떤 날은 직장을 잡으라고 하시기도 하고 그래. 고등학교 때는 운동이 정말 좋았거든. 마음 한구석에 배우가 되고 싶은 마음이 있긴 했는데 무섭더라. 내가 배우가 된다는 보장도 없고, 무엇보다 사람들이 비웃을 것 같았어. 재작년에 호주에 일 년 있었거든. 외국에서 낯선 사람들과 지내다 보니까 내가 왜 그렇게 남의 시선을 의식했나 싶었어. 그때, 결심했지. 진짜 하고 싶은 일 한 번 해 보자고. 늦었다면 늦었지만, 그래서 더 늦기 전에 도전하는 거야. 평생 후회할 것 같아서."

시원이는 다른 때와 달리 맑은 아저씨의 말을 진지하게 들었다. 맑은 아저씨한테도 두려움이 있었다는 게 믿어지지 않았다. 언제나 당당해 보이기만 하던 아저씨가 남의 시선을 의식했다는 말에 더 친근감이 느껴졌다.

아저씨와 나란히 걸으며 집까지 왔다. 계단에서 아저씨가 "안녕." 하고 인사를 하는데 정말 행복했다. 물론, 나와 형태에게 한 인사이긴 했지만. 집에 들어와서 그 행복도 잠시, 다시 엄청난 근심이 몰려왔다. 할아버지한테 아빠 사태를 어떻게 전해야 할지 가슴이 답답해졌다.

　잠자리에 누웠는데 잠이 오지 않았다. 한참을 뒤척이다 일어나서 컴퓨터를 켰다. 인터넷 창을 열자 실시간 검색어 2위에 '먼 훗날'이라는 단어가 보였다. 아빠의 편지가 떠올라 검색어를 클릭해 보았다. 어떤 연예인이 예능 프로그램에 나와서 애송시를 읊었다는 기사였다. 내 이름과 같은 김소월이 쓴 시였다.

　　먼 훗날 당신이 찾으시면
　　그때에 내 말이
　　'잊었노라'

　　당신이 속으로 나무라면
　　무척 그리다가
　　'잊었노라'

　　그래도 당신이 나무라면
　　믿기지 않아서
　　'잊었노라'

　　오늘도 어제도 아니 잊고

먼 훗날 그때에

'잊었노라'

　시를 읽는데 나도 모르게 울컥했다. '잊었노라'는 말이 꼭 어릴 때, 내가 아빠한테 가졌던 마음 같았다. 어린이날 아빠가 찾아와도 모른 척 지나갔던 나, 아빠와 딱 한 번 갔던 대공원이 떠오를 때마다 생각하지 않으려고 애를 썼던 내 모습이 떠올랐다. 오늘 밤까지라고 그렇게 말했는데 아빠는 끝내 연락하지 않았다. 먼 훗날 아빠가 날 찾아와도 그때는 내가 아빠를 받아 주지 않을 작정이다. 아랫입술을 꾹 깨물고 울음을 삼켰다. 그런 아빠 때문에 흘리는 눈물이 아까웠다. 할아버지한테 어떻게 말을 해야 할지 걱정됐다. 나도 이렇게 배신감이 드는데 할아버지는 얼마나 배신감이 클까. 설마 할아버지한테 빚 갚아 달라고 왔던 건 아니겠지. 그렇다면 아빠는 진짜 나쁜 사람이다.

　아침 종소리에 할아버지와 함께 아래층으로 내려갔다. 화방 할아버지가 쇼핑봉투를 내밀었다.

　"어제 물건 하러 갔다가 우리 소월이 생각나서 하나 샀다. 우리 소월이 고흐 그림은 못 사 줘도 퍼즐은 사 줄 수 있지. 이거 천 개짜리다. 이거 맞추다 보면 온갖 세상 시름은 다 사라질 거다. 나중에 액자에 넣으라고 액자도 샀다. 크크."

　"으악! 할아버지 너무해요! 천 개라니! 소월이한테 세상 시름을 더 얹어 주려고 그러는 거 아니에요?"

형태의 말에 화방 할아버지가 큰 소리로 웃었다.

"떽! 그럴 줄 알고 네 건 안 샀어. 요새 왜 재료 가져가는 게 뜸해! 딴 데서 사냐? 그럼 혼쭐낼 거다! 네 미술 재료는 이 할애비가 평생 댄다고 했잖어!"

"아직 많이 남았어요. 할아버지 평생 내 재료 대려면 오래 사셔야 하는 거 알죠? 헤헤."

형태의 애교에 할아버지가 껄껄껄 웃었다.

"미스터 장, 점심 때 밥하기 귀찮으면 언제든 내려와요. 나는 대환영이니까. 밑반찬 몇 가지 쌌어요. 밑반찬 있으면 든든하잖아요."

아줌마가 맑은 아저씨 앞에 반찬 그릇을 내밀었다.

"이렇게까지 안 하셔도 되는데. 감사히 잘 먹겠습니다."

괜히 내가 아줌마한테 고마웠다. 내가 흐뭇한 미소를 짓자 시원이가 맑은 아저씨를 노려보았다. 나도 질세라 시원이를 노려보며 눈빛으로 제압했다.

아침을 먹고 나오려는데 아줌마가 나를 주방으로 불렀다.

"함초 떨어졌을 때 됐는데 왜 말을 안 해?"

나는 뜨끔한 얼굴로 아줌마를 쳐다보았다.

"너 또 변비약 먹고 함초 안 먹는 거 아니지?"

"아, 아니에요! 잘 챙겨 먹고 있어요 아직 남았어요."

의심쩍은 얼굴로 아줌마가 내 표정을 살피며 말했다.

"꾸준히 먹어야 약효가 나타나는 법이야. 아줌마가 검사할 거야. 잘 챙겨 먹어. 응?"

고개를 끄덕이고 얼른 식당을 나왔다. 아줌마가 잘해 줄 때마다 큰 죄를 짓는 기분이었다. 나중에 형태 사건을 알았을 때 배신감이 얼마나 클까.

뒤따라온 시원이가 물었다.

"아빠는? 잘 해결된 거지?"

"글쎄다. 현재완료가 아닌 것만은 분명해. 넌 어때?"

시원이가 어깨를 들어올렸다.

"나도 현재완료는 아니야."

하루 종일 수업이 하나도 들어오지 않았다. 내 머릿속은 온통 아빠 문제로 야단법석이었다. 가끔 아줌마가 형태 때문에 울화통 터진다고 했던 그 말을 조금 알 것 같았다.

학교가 끝나고 집으로 가는 길에 혹시나 아빠가 돌아왔을지도 모른다는 기대감이 불쑥 올라왔다. 내가 자꾸 아빠를 기다리는 것 같아서 기분이 더 안 좋아졌다. 나는 할아버지 때문에, 할아버지의 돈을 아빠한테서 받기 위해 아빠를 기다리는 것뿐이다. 이 사실을 몇 번이나 되뇌며 집으로 갔다.

문을 열자 소중이가 앞발을 들고 나를 반겼다. 아무도 없는 집보다 누구라도 반기니까 쓸쓸함이 조금 덜했다. 소중이는 입맛이 없는지 아침에 주고 간 밥을 거의 먹질 않았다. 소중이도 나처럼 심란한 것 같아서 소중이를 데리고 집을 나왔다.

봄이 오긴 온 것 같은데 날씨가 갈팡질팡했다. 소중이는 밖에 나와서 좋은지 정신을 못 차렸다. 목줄을 손목에 걸고 소중이를 따라 걸었다. 소중이가 어찌나 잘 뛰는지 내가 조련당하는 기분이었다. 걷다 보니 홍대역 근처까지 가게 됐다. 평일 오후라 사람들이 그렇게 많지는 않았다. 나도 모르게 자꾸 휴대폰을 봤다. 잠깐 쉬어갈 겸 편의점에 들어가서 음료수와 소중이한테 줄 소시지도 하나 샀다. 편의점 앞 의자에 앉아서 소시지 껍질을 벗겨 소중이 입에 넣어 주었다.

"어쩌다 너까지 버림받았나. 참, 네 신세나, 내 신세나."

소중이는 얌전히 앉아서 내가 주는 소시지를 받아 먹었다. 그때였다. 소중이가 갑자기 건너편을 보고 미친 듯이 짖기 시작했다. 소중이를 자제시키려고 목줄을 잡으려는 순간, 소중이가 도로로 뛰어들었다. 순식간에 벌어진 일이었다.

"안 돼! 돌아와!"

달려오던 차가 급브레이크를 밟는 소리가 들렸다. 나는 소리를 지르며 그대로 주저앉아 버렸다. 사람들이 웅성거리는 소리가 들렸다. 무서워서 눈을 뜰 수가 없었다. 한 아주머니가 나를 일으켜 세워 주었다.

"안 죽었어. 다행이네. 학생 많이 놀랐지?"

아주머니의 말에 겨우 눈을 떠서 앞을 보았다. 다행히 소중이가 살아 있었다. 나는 도로로 뛰어가 소중이를 안아서 데려왔다. 그때였다. 건너편 사람들 속에서 겁에 질려 우리를 쳐다보고 있는 남자가 보였다. 분명 아빠였다.

운전자가 차를 길가에 세우더니 험상궂은 얼굴로 차에서 내렸다. 덜컥 겁이 났다. 젊은 운전자는 잔뜩 인상을 찌푸리고 소리를 질렀다.

"아이씨! 개를 잘 간수해야지, 갑자기 도로로 뛰어들면 어떡해! 얼마나 놀랐는지 알아?"

울어야 할 것 같았다. 화가 난 남자를 물리칠 무기는 눈물밖에 없었다. 모여서 웅성거리던 사람들이 갑자기 동정론으로 바뀌기 시작했다.

"어린 학생이 많이 놀랐네. 아휴, 얼마나 놀랐으면……."

당황한 젊은 운전자는 얼버무리며 말했다.

"그, 그러니까 조심하란 말이야. 에이!"

천만다행이었다. 운전자는 사람들을 의식해서인지 그대로 가버렸다. 나는 놀라서 바들바들 떠는 소중이를 안고 터벅터벅 걸었다.

"너도 아빠 봤어? 에휴, 포기해. 아빠는 죽을 때까지 철이 안 들 사람이야. 그래, 제대로 된 아빠라면 나는 그렇다 치고, 네가 도로에 뛰어드는데 도망갔겠냐?"

마치 내 말을 알아듣는 것처럼 소중이가 낑낑거렸다. 나는 그런 소중이가 안쓰러워 더 꼭 안아 주었다. 나와 소중이 사이에 아빠한테 버림 받았다는 교집합이 생겼다. 어쩌면 소중이는 십 년 동안 나보다 더 자주 버림받았을지 모른다. 우리 집에 오기 전에도 며칠은 버림받은 줄 알고 살았을 테니까. 이런 아빠를 주인으로 두고 살아온 소중이가 한없이 불쌍해졌다.

집 앞에 시원이가 서 있었다.

"어디 갔다 와?"

"넌 왜 자꾸 우리 집으로 출근이냐?"

빌라 계단에 털썩 주저앉았다. 내 옆에 시원이가 앉으며 물었다.

"무슨 일 있어?"

대답할 기운도 없었다.

"말했잖아. 현재 진행형이라고."

한참을 머뭇거리다가 시원이가 말했다.

"아저씨 지방 촬영 간 거 아니지?"

내가 쳐다보자 시원이가 얼버무리듯 말했다.

"아니, 저쪽 골목에서 너희 아빠가 서성거리는 거 봤거든. 내가 부르니까 막 달려가 버리시더라고."

참 못났다. 가출까지 해 놓고서 동에 번쩍, 서에 번쩍 사람들한테 다 들키고 다니다니.

소중이를 끌어안고 시원이가 말했다.

"나 정신과 상담 받는다. 엄마가 제 정신이 아닌 것 같다고 데리고 갔는데 좋더라. 내가 주저리주저리 얘기하면 선생님이 다 들어주거든. 선생님이 아무것도 안 해 주는데, 그냥 내 눈을 쳐다보면서 내 얘기를 들어줄 뿐인데 자꾸 눈물이 나와."

나는 가만히 시원이 얘기에 귀를 기울였다.

"그럴 수 있다고 하더라. 선생님도 의대 3학년 때 의대를 그만둘까를 진지하게 고민했대. 다들 난리가 났는데 평생 이 일을 해야 한다고 생각하니까 갑자기 고민이 됐대. 누구나 그럴 수 있대. 근데, 선생님이 엄마 없을 때 그러더라. 좋아하는 일, 재미있는 일을 찾으라고. 나는 부모와 떨어진 또 하나의 객체래. 이 말 멋지지."

부모와 떨어진 또 하나의 객체. 멋진 말이었다. 아빠는 아빠고 나는 난데. 아빠가 마치 나인 것 마냥 아빠로 인해 내 자존감은 바닥을 치고 있었다.

시원이는 상담을 받고 와서 그런지 술술 말도 잘했다.

"그래서 말인데, 너도 네 감정을 속이지 말라고. 사실, 아빠 붙잡고 싶잖아."

먼 훗날 아빠가 찾아오면 차갑게 등을 돌리고 다 잊었노라고 독화살을 쏘아붙일 생각이었다. 시원이의 말에 그런 내 마음이 조금씩 흔들리는 것 같았다.

7

두 주먹 불끈 쥐고

먼 훗날이라는 말이 처음이 아니었다. 일곱 살 어느 오후, 아무도 없는 집에 덩그러니 놓여있던 편지에도 아빠는 먼 훗날 멋진 모습으로 만나자고 했다. 십 년이 지나 불쑥 나타난 아빠는 멋진 모습은커녕 빚더미까지 안고 나타났다. 도대체 얼마나 긴 시간이 지나면 아빠는 멋진 아빠의 모습을 갖추게 될까? 내 속에서 핵분열이 일어나는 것 같았다. 아빠라는 한 사람 때문에 지금까지 느껴 보지 못했던 무수한 감정들이 부딪치고 깨지고 폭발하고 있었다. 순간, 할아버지 방 쓰레기통에서 나온 두통약 껍질이 떠올랐다. 그리고 아빠를 찾아야 한다는 생각이 들었다. 할아버지를 걱정시키는 일은 여기서 멈추고 싶었다.

"가자!"

시원이가 나를 따라 일어났다. 마침, 형태도 왔다. 레슨을 받고 오는지 화통을 메고 있었다.

"골목에서 봤다고 했지? 이 동네 골목 샅샅이 뒤져 보면 있겠지."

두 녀석들은 엄청난 사명을 받은 것처럼 진지한 얼굴로 흩어졌다.

"소중아, 넌 아빠 냄새 알지? 아까처럼 아빠 냄새가 나면 막 짖어. 알았지?"

소중이가 또 함부로 뛰어 갈까 봐 목줄을 단단히 붙잡고 어둑어둑한 골목을 더듬거리듯 살폈다.

'그때도 그랬어……'

유치원에서 돌아온 어느 봄날 오후, 아빠의 편지를 들고 온 동네를 헤매던 내 모습이 떠올라 목울대가 뜨거워졌다.

"아이씨, 무슨 아빠가 이러냐!"

그때는 아빠를 애타게 부르며 우는 순수함이라도 있었다. 하지만 지금 나에게는 그런 순수함도, 감성도 사라진 지 오래다. 나를 이렇게 만든 사람도 아빠다. 그런 아빠를 다시 찾아야 한다는 사실이 서글펐다. 자식을 위해 희생하는 아빠는 바라지도 않는다. 최소한 내 인생에 걸림돌은 되지 말았어야 했다.

얼마쯤 걸었을까, 소중이가 멀리 떨어진 헌옷 수거함을 보며 짖기 시작했다. 가까이 다가가 보니 헌옷 수거함 옆에 누군가 웅크리고 앉아 있는 것이 보였다. 그 옆에는 빈 소주병들이 웅크린 사람만큼이나 처량하게 뒹굴고 있었다. 나는 소중이 입을 막았다. 소중이도 더 이상 짖지 않았다. 역시나 아빠였다. 아빠 옆에는 커다란 가방이 놓여 있었다.

노숙자처럼 술병들과 함께 쓰러져 있는 이 사람이 아빠라는 사실이 절망스럽기만 했다. 그런 아빠를 내려다보고 있는데 이상하게, 이상하게 가슴이 저려 왔다. 이 통증의 의미를 미처 헤아려보기도 전에 시원이와 형태가 저쪽에서 걸어왔다.

"일어나, 일어나라고!"

잠이 덜 깬 게슴츠레한 눈으로 아빠가 나를 올려다보았다.

"아빠가 노숙자야? 왜 길바닥에서 잠들어 있어! 차라리, 차라리…… 아, 아, 악!"

골목이 떠나가라 소리를 질렀다. 그렇게라도 하지 않으면 미쳐 버릴 것 같았다. '차라리' 다음에 하고 싶은 말이 목구멍까지 올라왔지만 차마 그 말은 할 수 없었다. 그래도 아빠니까, 아빠니까…….

그제야 나를 알아본 아빠가 겁에 질린 얼굴로 몸을 떨었다. 화가 난다기보다는 측은한 마음이 들었다. 왜, 무엇이, 아빠를 여기까지 끌고 왔을까……. 엄마를 만날 때는 저런 모습은 아니었겠지. 아빠한테도 희망이 있었을 때가 분명 있었을 텐데……. 웅크리고 있는 아빠를 보는데 전에 동영상에서 봤던 갓 태어난 아기가 떠올랐다. 살기 위해 두 주먹 불끈 쥐며 간호사 손에 매달려 있던 아기……. 지금 아빠에게 필요한 건 두 주먹 불끈 쥘 힘인 것 같았다. 자신의 몸을 지탱하기 위해 두 주먹 불끈 쥐는 힘.

술이 덜 깬 아빠는 형태와 시원이 부축을 받으며 내 뒤를 따라왔다. 눈물콧물 범벅이 된 얼굴로 아빠는 쉬지 않고 말했다.

"소월아, 나, 못 가. 아빠 못 가. 내가 무슨 면목으로 집엘 들어가. 나, 그냥 이렇게 살다 죽을래. 난, 죽어도 정신 못 차릴 놈이걸랑. 난 겁쟁이에 비겁한 놈이라고! 소월아, 나 못 가!"

못 간다고 외치면서도 아빠는 우리 집을 향해 얌전히 잘도 걸었다.

다행히 할아버지는 아직 들어오지 않았다. 형태와 시원이를 보내고 아빠와 단둘이 거실에 앉았다. 아무 말도 하지 않고 아빠를 가만히 쳐다보자 눈치를 보던 아빠가 별안간 무릎을 꿇었다. 딸 앞에서 무릎을 꿇은 아빠를 보고 있자니 울화통이 치밀어 올랐다.

"진짜 이럴래? 딸 앞에서 무슨 무릎이야!"

아빠가 고개를 절레절레 흔들었다.

"아냐. 나 같은 놈은 딸이 아니라 소중이 앞에서도 무릎을 꿇어야 해. 소월아, 나 내보내 줘. 난 이 집에, 가족으로 살 자격이 없어. 이러려고 온 게 아닌데, 인생이 왜 이렇게 꼬이냐. 나 진짜 잘해 보려고 했걸랑. 소월아, 나 보내 줘. 보내 줘."

꿈쩍도 않고 앉아서 아빠는 내보내 달라는 말만 무한 반복했다. 누가 아빠를 잡고 있기라도 하는 것처럼. 아빠를 데리고 오긴 했는데 그다음은 어떻게 해야 할지 떠오르지 않았다. 아빠는 주저리주저리 말도 많았다.

"그래, 솔직히 말할게. 역마살이 씌었는지 한 가지 일을 오래 못하겠어. 나처럼 책임감 없는 아빠가 네 옆에 있으면 짐밖에 안 될 거야. 엑스트라 일도 잘렸걸랑. 빚쟁이들이 사무실까지 찾아가서 행패를 부렸나 봐. 흑흑."

급기야 아빠는 아이처럼 엉엉 울기까지 했다. 더 이상 봐 줄 수가 없었다.

"뚝!"

놀란 얼굴로 아빠가 울음을 그쳤다. 정말 누가 아빠고 누가 딸인지 모르겠다.

"일단 오늘은 그냥 자. 집 나간 적 없었던 것처럼. 아빠가 좋아서 데려온 거 아니야. 할아버지, 할아버지 때문에 그랬어. 할아버지 쓰러질까 봐. 내일 얘기해."

아빠는 얌전한 아이처럼 고개를 끄덕이고 일어났다. 그러더니 그대로 주저앉았다. 연신 신음소리를 내며 검지에 침을 묻혀서 코에 바르는 아빠 모습에 또 한 번 절망하지 않을 수 없었다. 아빠는 그런 내 시선을 피해 기어가듯 방으로 들어갔다.

갑자기 허기가 졌다. 사다 놓은 빵이 없었다. 아빠가 또 도망갈까 봐 밖에 나갈 수도 없었다. 하는 수 없이 과자를 꺼냈다. 먹어도, 먹어도 자꾸만 배가 고팠다. 이럴 때 엄마가 있다면 얼마나 좋았을까, 부질없는 생각이 들었다.

얼마나 지났다고 아빠 방에서 코고는 소리가 들려왔다. 낙천적인 아빠 성격에 할 말을 잃었다. 저런 낙천적인 유전자가 왜 내게는 오지 않았을까? 아니다. 후천적으로 나는 낙천적이라는 단어를 받아들이지 못하는 것인지도 몰랐다. 나를 낳다가 세상을 떠난 엄마, 아빠마저 나를 버리고 간 현실은 나를 낙천적인 아이가 될 수 없게 했다. 거실에 덩그러니 놓여 있는 큼지막한 가방을 질질 끌고 아빠 방으로 들어갔다. 아빠는 잠꼬대를 하며 흐느끼고 있었다.

"다 내 죄야. 다 내 죄……."

잔뜩 웅크리고 누워 있는 모습이 보기 싫어서 이불을 꺼냈다. 이불을 덮어 주려는데 아빠 손에서 종이 두 장이 힘없이 떨어졌다.

'급돈 마련, 장기 매매, 언제든 환영!'

또 한 장의 종이는 엑스 표시가 그려진 로또 용지였다. 두 장의 종이를 번갈아 한참을 보았다. 종이를 갈기갈기 찢어서 쓰레기통에 던져 버렸다. 가슴이 터질 것 같았다. 먼 훗날, 멋진 아빠까지는 바라지도 않았다. 그저 남들만큼만, 평범한 아빠로 사는 게 아빠한테는 그렇게 힘든 일일까?

새벽녘, 어디선가 들려오는 신음소리에 눈이 떠졌다. 꿈인가
싶어 다시 잠을 청하는데 간간이 신음소리가 들려왔다. 혹시나
싶어 화장실로 가 봤더니 할아버지가 변기 옆에 쓰러져 있었다.

"할아버지! 할아버지 왜 그래?"

할아버지는 나를 알아보지도 못하고 끙끙 앓는 소리를 냈다.
아빠 방으로 달려가서 아빠를 흔들어 깨웠다.

"그, 구급차 오는 거, 그 번호가 뭐지?"

당황하니까 아무 생각도 나질 않았다. 잠이 덜 깬 아빠는 119
를 한참 만에 생각해냈다. 내가 119에 전화를 거는 동안 아빠는
할아버지를 거실로 옮겼다. 어른이 필요했다. 이런 무서운 상황
을 정리하고 도와줄 어른이 필요했다. 화방 할아버지는 전화를
받자마자 우리 집으로 올라왔다.

"아이, 이 미련한 영감! 그러게 검진 한번 가자고 했을 때 따
라나설 일이지. 고집은! 소월아, 구급차 불렀지?"

구급차는 금방 도착했다. 구급대원들이 계단을 올라오는 소
리에 깼는지 형태 아줌마도 현관으로 나왔다.

"아니, 이게 무슨 일이야! 우리 아저씨 건강하셨는데!"

나는 할아버지를 따라 구급차에 올라탔다. 아빠는 화방 할아
버지와 함께 뒤따라오기로 했다. 새벽 3시, 도로는 한산했다. 구
급차는 빠르게 달렸다. 고통스러운 얼굴로 눈을 감은 할아버지

의 손을 꼭 잡았다.

'할아버지, 알지? 할아버지가 없으면 난, 난…… 알지?'

한 번도 할아버지의 죽음을 생각해 본 적이 없다. 아니, 생각하고 싶지 않았다. 구급차 안에서 신음하는 할아버지를 보는데 죽음이란 단어가 성큼성큼 다가오는 것 같았다. 나는 할아버지 손을 잡고 간절히 기도했다. 제발 아무 병도 아니기를. 이 순간이 얼른 지나가기를.

신촌에 있는 병원 응급실에 도착했다. 할아버지는 침대에 옮겨져 응급실로 들어갔다. 응급실로 들어가자 사방에 아픈 사람들뿐이었다. 드라마에서나 보던 장면을 내가 겪게 될 줄 몰랐다. 갑자기 울음소리가 들려서 고개를 돌렸더니 하얀 천에 덮인 침대가 응급실을 나가고 있었다. 온몸에 소름이 돋았다. 새벽 응급실 풍경은 내가 알던 세상이 아니었다. 아프다는 게 이렇게 무서운 건지 몰랐다. 우리 할아버지가 이렇게 아픈데 의사와 간호사들은 한참이나 우리를 기다리게 했다.

지나가던 간호사를 붙잡고 물었다.

"우리 할아버지 많이 아파요. 어떻게 좀 해 주세요."

피곤해 보이는 간호사가 내 어깨를 살짝 만지며 미소를 지어 주었다. 간호사의 미소에 조금 안심이 되었다.

"평소에 불편한 곳 있었어요?"

"어, 평소에 두통이 잦은 편이긴 한데 이렇게 쓰러진 적은 처음이에요. 화장실에 쓰러져 계셨어요."

간호사는 할아버지의 증상을 적은 종이를 들고 어디론가 갔다. 그사이 화방 할아버지와 아빠, 형태 아줌마가 도착했다.

한참 만에 의사와 간호사가 오더니 접수해야 할 목록들을 알려주고 할아버지는 검사를 받기 위해 검사실로 옮겨졌다. 아빠와 화방 할아버지는 접수처로 가고 아줌마와 나만 남았다. 아줌마와 나만 남겨지자 다리가 후들거려서 나도 모르게 주저앉았다. 놀란 아줌마는 나를 꼭 끌어안아 주었다.

"괜찮아. 소월, 별일 없을 거야. 응? 걱정 마."

아줌마가 내 어깨를 토닥토닥 다독여 주는 느낌이 좋았다. 눈물이 나올 뻔했지만 꾹 참았다. 사람들 앞에서 우는 건 약한 모습이니까. 어릴 때부터 내가 가장 잘하는 건 울음을 참는 거다. 눈이 빨개지도록 눈물을 참는 건 그때나 지금이나 자신 있다. 아줌마 품에 안기자 아기가 된 것 같았다. 태어나서 한 번도 엄마 품에 안겨 보지 못했고, 엄마가 불러 주는 자장가도 들어 보질 못했다. 내가 유일하게 안겨 본 품은 할아버지 품이었고, 유일하게 들어 본 자장가는 할아버지의 자장가였다.

"소월아, 이거라도 마셔."

아빠가 따뜻한 두유를 내밀었다. 아빠는 아줌마와 화방 할아버지한테도 두유를 건넸다. 화방 할아버지가 아빠 어깨를 다독이며 말했다.

"자네가 있으니 안심이네. 우리 소월이 혼자였으면 어쩔 뻔했나."

눈물을 글썽이며 아빠가 말했다.

"저는 한심하게 잠만 자고 있었걸랑요. 장인어른한테 평생 불효만 한 제가 그런 말씀 들을 자격이 없어요."

급기야 아빠는 닭똥 같은 눈물을 뚝뚝 흘렸다. 나도 꾹 참고 있는데, 아빠가 울다니.

"강춘복 씨 보호자 분!"

까무룩 잠이 든 모양이었다. 간호사가 할아버지 이름을 부르는 소리에 눈을 떴다.

"검사실 앞으로 가 보세요."

우리 네 사람은 초조하게 검사실 앞에 서 있었다. 조금 있으니까 의사 선생님이 나왔다.

"강춘복 씨는 녹내장일 확률이 큽니다. 분명히 초점도 잘 안 맞고 두통도 심하셨을 거고, 여러 증상으로 힘들었을 텐데요."

의사 선생님이 우리를 나무라는 듯한 표정으로 말을 이었다.

"안타깝지만 오른쪽 눈은 서서히 실명하실 겁니다. 그나마 왼쪽 눈이라도 치료할 수 있는 것이 다행입니다."

다리에 힘이 풀렸다. 실명이라니…… 평생 비좁은 구둣방에서, 그 작은 세계에 갇혀서 살아온 할아버지에게 실명은 너무나

가혹했다.

의사 선생님이 말했다.

"좀 더 정밀한 검사를 해 봐야 알겠지만 오른쪽 눈은 거의 회복이 불가능합니다. 왼쪽 눈이라도 잘 관리하시는 것이 지금으로서는 방법입니다. 조금만 더 일찍 오셨어도 실명 위기까지는 안 갔을 텐데요."

할아버지는 입원실로 옮겨졌다. 아빠가 입원실로 따라 들어가자 아줌마가 내 손을 잡았다.

"소월, 너는 가서 학교 갈 준비 하자."

할아버지를 두고 가기가 싫었다. 이런 기분으로 학교에 간들 집중도 안 될 것 같았다. 내가 가만히 서 있자 화방 할아버지가 나를 밀었다.

"학교 가라. 너 여기 있으면 할아버지 제대로 쉬지도 못해."

화방 할아버지의 말에 더 있을 수가 없어서 택시를 타고 집으로 돌아왔다. 잠꾸러기 형태도 걱정이 됐는지 식당 불을 켜고 앉아서 꾸벅꾸벅 졸고 있었다.

"아이 기특해. 우리 형태, 할아버지 걱정돼 나와 있었어?"

형태는 놀란 듯 벌떡 일어나서 물었다.

"할아버지는? 할아버지는 괜찮으셔?"

아줌마가 쌀을 씻으며 말했다.

"소월, 얼른 가서 씻고 내려와."

집에 들어가자 소중이가 기다리고 있었다는 듯 나를 보고 짖었다.

"이런, 눈이 왜이리 빨개! 잠 못 잤구나? 너 두고 안 도망가."

십 년 동안 아빠가 얼마나 자주 소중이를 혼자 두었을까. 그때마다 소중이는 얼마나 공포에 떨었을까. 그런 소중이가 안쓰러워서 내 무릎에 올리고 쓰다듬어 주었다. 소중이는 기분이 좋아졌는지 편안하게 눈을 감고 금방 잠이 들었다. 소중이를 안고 있다 깜빡 잠이 들어 버렸다. 눈을 떠 보니 한 시간이나 지나 있었다. 허겁지겁 씻고 나오려는데 소중이가 현관에 서서 나를 물끄러미 쳐다보았다.

"언니 학교 갔다 올게. 집 잘 지키고 있어!"

내 말을 알아들은 것처럼 소중이가 깡충깡충 뛰었다. 꼭, 작은 토끼 같았다. 아래층에 내려가자 다들 식사를 마친 상태였다. 아줌마가 주먹밥이 든 도시락을 손에 쥐어 주었다.

"소월, 일부러 안 깨웠어. 학교 가서 이거라도 먹어. 빈속엔 집중이 안 돼."

맑은 아저씨가 걱정스러운 얼굴로 나를 보았다. 나는 최대한 심각한 표정으로 인사를 했다. 아저씨가 나를 더 많이 걱정하도록. 그러고 보니 시원이가 보이질 않았다. 시원이까지 챙길 여유가 없어 그대로 식당을 나왔다.

멍한 상태로 교실에 앉아 있었다. 선생님 말이 귓가에서 붕붕 울렸다. 할아버지는 언제까지나 내 옆에서 나를 지켜 줄 거라고 생각했다. 그런 할아버지가 쓰러지자 내 미래가 막막했다.

'어떻게 살아야 하지…….'

하루 종일 어떻게 살아야 할지 생각해 보았다. 창밖을 내다보는데 스무 살까지만 살고 싶다고 했던 소녀의 이야기가 떠올랐다. 죽음은 예고 없이 갑자기 올 수 있다는 걸 오늘 처음 알았다. 새벽에 응급실에서 봤던 사람들, 신음 소리, 피 묻은 옷……. 응급실 풍경은 드라마에서 보던 것보다 훨씬 더 야단법석이었다. 그중에 한 사람이 나였다면, 나는 어떤 생각을 했을까. 문득, 잘 살고 싶다는 생각이 들었다. 제대로, 잘 살고 싶다는 생각을 처음 해 보게 되었다. 두 주먹 불끈 쥐고 내 삶의 무게를 끝까지 지탱하면서. 이제는 내가 할아버지를 보살펴 드려야 한다. 그동안 할아버지 혼자 고생하게 한 것으로 충분했다. 새삼 아빠를 데려온 것이 얼마나 잘한 일인지 싶었다. 아빠가 병원에 있으니까 그나마 마음이 놓였다.

학교가 끝나자마자 병원으로 달려갔다. 병실에 들어가자 아빠가 할아버지 다리를 주무르고 있었다.

"할아버지! 괜찮아?"

내 손을 꼭 잡으며 할아버지가 말했다.

"괜찮지. 우리 소월이도 이리 똑똑히 잘 뵈는데 뭘. 많이 놀랐지."

내 기분 탓인지, 할아버지 눈가가 촉촉이 젖은 것 같았다. 환자복을 입고 있어서 그런지 할아버지가 더 작고 늙어 보였다. 내 특기도 점점 약효가 떨어지는 듯, 눈물이 곧 떨어질 것 같았다. 나는 얼른 천장을 보고 눈물을 삼켰다.

"할아버지 뭐 먹고 싶은 거 없어? 아프면 평소에 안 먹던 거 먹고 싶잖아."

내 말에 할아버지가 웃음을 지었다.

"나는 우리 소월이만 보면 하나도 안 아퍼. 소월이가 만병통치약이여."

"에이, 순 뻥!"

할아버지가 너털웃음을 지었다. 아빠는 아무 말없이 할아버지 팔과 다리를 번갈아 가며 주물렀다.

"아, 우리 강가 호강하네! 사위에 손녀까지! 크크, 아이고 배 아파라."

양손 가득 짐을 들고 화방 할아버지가 병실에 들어섰다.

"소월이 아빠 오늘 밤 덮을 이불이랑 이것저것 챙겨 왔어. 형태 엄마가 도시락도 보냈네."

오늘 밤 병원에서 할아버지를 간호해야 한다는 생각을 미처 하지 못했다. 할아버지는 화방 할아버지 팔을 툭 치며 말했다.

"뭣 하러 여기서 자. 중병 환자도 아닌데. 화방도 어여 가 봐. 장사꾼이 가게를 비워 두면 어떡혀. 김 서방도 소월이도 다 가.

두 사람 있으면 내가 불편해. 어차피 내일 퇴원하는데 호들갑 떨지 말어."

할아버지 다리를 주무르며 아빠가 말했다.

"아닙니다. 장인어른. 당연히 제가 여기서 자야죠."

"아냐. 내가 잘게. 할아버지 옆에는 내가 있어야지."

화방 할아버지가 나서서 상황을 정리했다.

"그래. 소월이 아빠가 있으면 되지. 소월이는 내일 학교도 가야 하고. 네가 집에 가서 푹 자는 게 느이 할아버지 마음 편하게 하는 거야. 가자."

어쩔 수 없이 화방 할아버지를 따라 병원을 나왔다.

"우리 할아버지 왼쪽 눈으로 괜찮을까요?"

"의사 말처럼 왼쪽 눈이라도 볼 수 있는 걸 다행으로 생각해야지. 게다가 당장 안 보이는 것도 아니라잖냐. 할아버지가 그러더라. 느이 아빠가 와서 얼마나 든든한지 모른다고. 사람 욕심이 그렇다. 느이 아빠만 오면 근심을 덜 것 같다더니 이제는 너랑 아빠랑 다정하게 사는 것 보면 더 바랄 것이 없겠대. 우리 소월이는 똑똑하니까 무슨 말인지 알지?"

할아버지가 바라는 걸 나도 알고 있었다. 그래서 아빠를 다시 찾았던 것이었다. 그렇지만 할아버지를 위해 이만큼 참은 것도 나는 대견하다고 생각한다. 아빠와 다정하게 지내는 것까지는 암만 생각해도 무리였다.

아줌마는 내가 환자라도 되는 것처럼 평소에 하지 않던 갈비찜까지 해서 내왔다.

"우리 소월 많이 놀랐지. 이럴 땐 그저 잘 먹고 좋은 생각만 하는 거야. 할아버지도 금방 털고 일어나실 거야. 얼른 먹어."

입맛이 없었지만 아줌마 성의를 생각해서 밥을 다 먹고 일어섰다.

할아버지가 없는 집은 쓸쓸하기 그지없었다. 하루 종일 혼자 있었던 소중이는 나를 보자마자 꼬리를 흔들며 내 주위를 맴돌았다. 소중이도 입맛이 없는지 아침에 주고 간 밥을 그대로 남겨 놓았다. 나는 소중이 옆에 그대로 누웠다. 소중이도 내 옆에 벌러덩 누웠다. 사람처럼, 얌전히 내 옆에 있는 소중이가 진짜 내 동생처럼 느껴졌다.

문득, 아빠 방이 궁금해졌다. 더 정확하게는 아빠가 우리 집에 올 때 들고 왔던 가방이 궁금해졌다. 아빠가 그동안 어떤 인생을 살아왔는지 알아야 할 필요성이 느껴졌다. 아빠는 의외로 정리 정돈을 잘했다. 창고로 쓰던 방을 깔끔하게 잘 정리해 놓고 아빠 짐도 가지런히 정리돼 있었다.

아빠가 우리 집에 오던 날, 들고 왔던 커다란 가방은 구석에 얌전히 놓여 있었다. 나는 조심스럽게 가방을 열어 보았다. 가방 속에서 나온 것은 아빠의 계절 옷들뿐이었다. 달리 아빠가 살아온 세월에 대해 짐작할 만한 것이 없었다. 다시 옷을 집어넣으려고 하는데 가방 밑바닥에 딱딱한 것이 느껴졌다. 자세히 들여다 보니 까만색 보자기로 싼 작은 상자가 가방 밑바닥에 있었다. 아무도 없는 것을 알면서도 나도 모르게 주위를 살펴보고 보자기를 풀었다. 상자 뚜껑을 열자 통장과 사진첩이 있었다. 손바닥만 한 사진첩 표지에는 '내 딸 소월이'라고 쓰여 있었다. 아빠한테 보낸 사진이 없어서 의아한 마음으로 사진첩을 펼쳤다.

아기 때 찍었던 몇 장의 사진 뒤에 일곱 살 때 아빠와 처음이자 마지막으로 대공원에 갔을 때 찍은 사진이 나왔다. 그 뒤에 내 뒷모습이 찍힌 사진이 보였다. 사진 밑에는 '1학년 어린이날', '2학년 어린이날'이라고 쓰여 있었다. 1학년 어린이날에 아빠가 찾아온 것은 기억이 난다. 아빠 싫다고 울면서 뛰어가던 내 뒷모습을 아빠가 사진으로 찍었을 줄은 꿈에도 몰랐다. 역시 불성실한 아빠답게 2학년 이후로 내 사진은 없었다. 그리고 초등학교 졸업식 사진이 있었다. 할아버지와 함께 서 있던 내가 뒤를 돌아본 사진이었다. 그 사진은 유난히 초점이 흔들려 있었다. 아마도 내가 갑자기 뒤를 돌아봐서 아빠가 놀란 모양이었다. 흔들린 사진을 물끄러미 보았다. 아빠가 아예 날 잊고 산 건 아니라는 사실에 마음이 놓이는 건 왜인지. 이번에는 통장에 눈길이 갔다.

'설마 아빠가 엄청나게 돈을 많이 벌어 놓고는 가난한 척하는 거라면……'

아무리 생각해도 그건 말이 안 됐다. 조심스럽게 통장을 펼쳐

보았다. 네 개의 통장은 전부 내 이름으로 되어 있었다. 통장을 만든 시기를 계산해 보았다. 내가 두 살 때 처음 만든 통장은 몇 번 예금을 하고는 한꺼번에 출금되었다. 내가 일곱 살 때, 다시 만든 통장은 그다음 해에 출금되었다. 6학년 때 만든 통장은 이 년 동안 잘 저축했다가 다시 한꺼번에 출금되었다. 마지막 통장은 만든 지 며칠 안 된 통장이었다. 통장 잔액은 고작 오천 원이었다. 하지만 아직 출금되지 않은, 유일하게 잔액이 있는 통장이었다.

사진첩을 상자에 넣다가 내 뒷모습을 다시 보았다. 부모 없는 아이라는 걸 들키지 않으려고 어릴 때부터 눈에 힘을 주고 다녔다. 함부로 울지 않았고, 함부로 마음을 열지 않았다. 그래서 그런지 아빠가 찍은 내 뒷모습에도 고집스러움이 보였다. 방에 들어가자 엄마 카세트가 나를 맞아 주었다. 엄마 카세트를 가만히 쳐다보다 엄마 목소리가 담긴 테이프를 넣고 재생 버튼을 눌렀다. 엄마 목소리가 나오고 그 뒤를 이어 내 목소리가 나오다 이내 끝나 버렸다. 나는 빨간 동그라미가 그려진 녹음 버튼을 눌렀다.

"엄마라면 어떻게 할 거야? 나는, 잘 모르겠어……."

정지 버튼을 눌렀다. 엄마는 왜 아빠였을까? 아직까지 변변한 직업도 없이, 자식 하나 건사하지 못할 사람이라는 걸 엄마는 왜 눈치채지 못했을까? 아빠는 엄마가 살아 있었다면 다른 삶을 살

앉을까?

　한 가지 사실은 분명해졌다. 아빠는 절대 나를 보호해 줄 수 없다는 것과, 아빠는 누군가의 보살핌이 필요하다는 것. 그리고 아직 잔액이 남아 있는 통장이 아빠에 대해 다시 한 번 생각해 보게 했다.

8
한밤중 짜장 떡볶이

핸드폰 벨소리가 울렸다. 더듬더듬 전화를 찾아 안 떠지는 눈을 겨우 떠서 액정 화면을 보았다. '시원이 아줌마'라고 뜬 화면을 보고 잠이 확 달아났다. 불길한 예감을 누르고 전화를 받았다.

"소월아, 미안. 자고 있었지? 우리 시원이 혹시 무슨 연락 없었니? 방에 들어가 보니까 시원이가 없다."

아줌마 목소리는 무서울 정도로 차분했다.

"네? 아무 연락 없었는데요. 혹시 형태네 집에 있나 확인해 보고 전화 드릴게요."

시원이가 이렇게 뒤통수 칠 줄은 몰랐다. 우리는 가족보다 가까운 친구라고 생각했는데 서운한 마음이 먼저 들었다. 문을 두

드려도 인기척이 없자 급한 마음에 비밀번호를 누르고 형태 집에 들어갔다. 역시나 시원이는 보이지 않았다. 형태 방에 앉아서 시원이가 갈 만한 데를 생각해 보았지만 딱히 떠오르는 곳이 없었다. 그때, 눈을 뜬 형태가 나를 보고 소스라치게 놀랐다.

"뭐야! 언제부터 있었어? 귀신인 줄 알고 완전 놀랐잖아!"

"시원이 어제 연락 없었어?"

형태는 고개를 절레절레 흔들었다.

"어제 아침도 먹으러 안 왔잖아. 전화도 꺼져 있었고. 왜?"

역시나 눈치 없기로는 형태를 따라올 자가 없다. 이쯤 되면 눈치챌 법도 한데 말이다.

"집에 없대. 아줌마가 어젯밤 들어와서 보니까 시원이가 안 보이더래."

형태가 머리를 긁적이며 하품을 했다.

"아, 그 어리석은 자식! 요즘 가출하는 고딩이 어디 있냐? 집 나가면 개고생인데, 잠은 어디서 잤나. 아우, 찜질방 바닥은 딱딱할 텐데. 오, 어리석은 자식!"

집으로 돌아와 학교 갈 준비를 했다. 생각할수록 서운했다. 다른 사람한테는 말을 안 해도 나한테는 했어야 했다. 왜냐면, 왜냐면…… 암튼 생각할수록 괘씸했다. 아침 식사를 알리는 종소리가 들렸다.

아침 식탁이 쓸쓸하기 그지없었다. 할아버지도, 아빠도, 시원이도 없으니까.

"어제 오늘 시원이가 안 보이네."

아줌마가 자꾸 출입문을 내다보며 말했다.

"수련회 갔대!"

형태가 얼버무리듯 대답했다. 이럴 때 보면 형태한테 눈치가 아예 없는 건 아니었다.

"미스터 장, 요즘 오디션 보고 있어요?"

아줌마는 아저씨가 곤란해할 질문만 골라서 하는 것 같았다.

"네, 지난주에 하나 봤는데 잘 안 됐습니다."

"저런, 어쩌나!"

아줌마는 소고기 장조림을 아저씨 앞으로 바짝 밀며 안타까운 표정을 지었다. 그전에 아침부터 그런 질문을 삼갔으면 더 좋았을 뻔했다.

"원래, 그 일이 열심히 하다 보면 해 뜰 날 오는 거잖아. 어제도 거 누구냐, 장동건이 나와서 그러더라고. 자기도 엑스트라도 하고 고생했었다고. 우리 미스터 장도 그런 토크쇼 나와서 그런 말 할 날 오겠지? 그럼, 이 몽마르뜨 언덕 위 꼭 얘기해 줘야 해. 호호호."

아줌마가 말을 하지 않으니까 다시 식탁이 조용해졌다. 화방 할아버지는 하나뿐인 친구가 아파서 그런지 입맛이 없다며 바로 일어났다. 나도 입맛이 없기는 마찬가지였다. 우리 집 일로도 머리가 아픈데 시원이까지 더해서 머리가 지끈지끈 아팠다.

학교 가는 길에 시원이한테 전화를 걸었다. 역시나 핸드폰 전원이 꺼져 있었다. 문자를 여러 번 썼다 지웠다. 생각해 보니 이럴 때는 진심만이 통하는 법이다.

어디냐? 너 믿는다!

식상한 말이었지만 진심을 담아 메시지를 보냈다.

이번에는 할아버지한테 전화를 걸었다. 할아버지가 아닌 아빠가 전화를 받았다.

"소월아, 아빠야. 할아버지는 아침 드시고 잠깐 운동 나가셨어. 의사 선생님이 오늘 검사 몇 가지 더 하고 퇴원해도 좋대. 무리하지 말고 병원에 정기적으로 오면 왼쪽 눈은 괜찮을 거라고 했어."

전화기를 통해 들려오는 아빠 목소리는 상기돼 있었다. 아빠가 우리 집에서 어떤 역할을 하고 있다는 데에서 자부심을 느끼는 것 같았다.

학교에서 수시로 핸드폰을 들여다보았다. 오늘따라 스팸 문자 하나 없었다. 신고하겠다고 협박을 할까 하다가, 형태면 몰라도 시원이한테는 통할 리 없어서 그만두었다. 점심시간에 시원이 아줌마한테서 문자가 왔다.

소월아, 혹시 시원이한테 연락 오면 이런 식으로는 아무것도 안 된다고 전해 줘.

아줌마는 경찰에 신고할 생각은 전혀 없는 것 같았다. 형태 아줌마 같으면 온 동네가 떠들썩했을 텐데 시원이 아줌마는 침착해도 너무 침착한 것 같았다. 시원이가 엄마한테 느끼는 무서움이 무엇인지 조금 알 것 같기도 했다.

학교 끝나고 집에 가는 길에 드디어 시원이한테서 문자가 왔다.

9시, 놀이터에서 보자. 엄마한테 말하면 안 나가.

곧장 답장을 보냈다.

절대! 절대 말 안 할게! 꼭, 나와야 해!

형태한테 전화를 걸었다.

"어디냐? 긴급 상황이야. 아무것도 묻지 말고 오늘은 8시까지 집으로 와."

집에 들어가니 할아버지가 퇴원해 계셨다. 아빠가 청소를 했는지 거실이 한층 깨끗해진 것 같았다. 소중이가 나를 보고 방방 뛰며 반겨 주었다.

"할아버지!"

할아버지를 있는 힘껏 끌어안았다. 할아버지는 내 등을 토닥토닥 두드려 주었다. 소중이가 우리 주위를 맴돌며 꼬리를 흔들었다. 할아버지는 못 보던 안경을 쓰고 있었다.

"와, 우리 할아버지 교수님 같다! 멋지네."

"허, 안경만 쓰면 다 교수냐? 소중이가 웃겠다."

할아버지 말을 알아듣기라도 하는 듯, 소중이가 멍멍 짖었다. 그 모습이 우스워서 나도 웃고 말았다. 소중이가 우리 집에서 막내 역할을 톡톡히 하는 것 같았다. 아빠는 부엌에서 우리를 부러운 눈으로 힐끔힐끔 쳐다보았다.

저녁밥을 먹을 즈음 형태가 가쁜 숨을 몰아쉬며 출입문을 열고 들어왔다. 얼굴에 긴급 상황이 무엇인지 궁금해 죽겠다고 쓰여 있는 것 같았다. 아줌마가 놀란 얼굴로 물었다.

"독서실은? 요새 열심히 다닌다 했더니 또 땡땡이야?"

"에이! 땡땡이치려면 집으로 왔겠어? 딴 데로 가지. 오늘따라 엄마 밥이 너무 먹고 싶어서 그렇지. 밥 먹고 다시 갈 거야."

형태의 넉살에 아줌마는 안심한 듯 밥을 펐다. 화방 할아버지가 보이지 않았다.

"화방 할아버지는요? 어디 가셨어요?"

아줌마가 식탁에 앉으며 대답했다.

"오늘 할아버지 어머니 기일이래. 지방 내려가셨어. 산소에 다녀오신다고."

이상했다. 할아버지한테도 엄마가 있었다는 사실이. 할아버지도 누군가의 아들이었다는 사실이 낯설면서도 친근하게 느껴졌다. 밥을 먹자마자 형태는 나를 끌고 밖으로 나갔다.

"무슨 긴급?"

"입 꾹 다물고 들어. 시원이가 9시에 놀이터에서 보재. 넌 일단 독서실 가는 척 지금 나가. 9시에 놀이터에서 보면 돼. 혹시나 시원이 아줌마한테 연락 와도 무조건 모른다고 해. 시원이가 아줌마한테 말하면 다시 숨어 버린대."

입을 꾹 다물고 형태는 몇 번이나 고개를 끄덕였다. 할아버지를 모시고 올라가서 할아버지 방으로 들어갔다. 이불을 펴고 있는 나를 할아버지가 물끄러미 보며 미소를 지었다.

"중병 환자도 아닌데 왜 그려. 화방 말처럼 아프니까 호강이구나. 벌써부터 자라고? 가서 니 볼일이나 봐."

아빠가 물 잔을 들고 들어왔다.

"장인어른, 약 드세요!"

할아버지를 살뜰하게 챙기는 아빠 모습에 조금 감동을 받을 뻔했다. 나는 얼른 물 잔을 받아서 할아버지한테 내밀었다. 아빠는 머쓱한 표정을 짓고 방을 나갔다.

"소월아, 나 내일부터 일 나갈 거여. 말리지 말어. 나는 일을 안 하면 없던 병도 생기는 사람이여."

"할아버지! 좀! 건강이 회복돼야 일도 하는 거지! 아빠 빚 갚아서 그래?"

할아버지가 칼칼한 목소리로 웃으며 고개를 내저었다.

"너 이 할애비를 너무 물로 본 거 아녀? 이 할애비 돈 많어. 너 유학도 보내 줄 돈도 따로 있어. 걱정 마. 느이 아빠가 내일부터 같이 간다고 하드라. 내가 요샛말로 알바 하라고 했다. 알바 하면서 진득허게 할 수 있는 일 찬찬히 찾아보라고. 느이 아빠는 좋아하는 일 찾아야 진득해질 사람이여. 그래야 역마살도 누르고 살 수 있을 거여."

할아버지도 아빠를 파악한 것 같았다. 무엇보다 내 옆에 아빠를 두고 싶어서 아빠를 많이 봐주는 것 같았다.

내 등을 토닥이며 할아버지가 말했다.

"느이 아빠가 있으니까 든든혀. 나 죽어도 인제 너한테 아빠가 있으니 얼마나 다행이여."

"할아버지!"

내가 쏘아보자 할아버지가 웃었다.

"누워. 할아버지 쉬어야 돼."

할아버지는 고분고분 말을 잘 들었다. 자리에 누운 할아버지가 내 손을 꼭 잡았다. 그러고는 어릴 때 불러 주던 자장가를 나직하게 읊조렸다.

너를 마지막으로 나의 청춘은 끝이 났다 우리의 사랑은 모두 끝났다……. 사랑 눈 감으면 잊으리 사랑 돌아서면 잊으리 사랑 내 오늘은 울지만 다시는 울지 않겠다, 다시는 울지 않겠다…….

지금 들어 보니 자장가치고는 너무나 비장한 가사였다. 어릴 때 할아버지는 '다시는 울지 않겠다.'는 노랫말을 몇 번이고 반복해서 부르곤 했었다. 그 노래 때문인지, 나는 엄마 아빠가 그리워도 울지 않았다. 나와 달리 할아버지는 그 노래를 부를 때마다 온몸으로 울었던 것 같다.

"할아버지, 요즘에 조용필 다시 나온 거 모르지? 우리 반 애 중에 그 가수 노래 듣는 애가 있더라니까. 근데 말도 안 되는 사실, 그 가수 할아버지보다 두 살밖에 안 어리던데? 할아버지 너무 관리 안 한 거 아니야?"

내 말에 할아버지가 어깨까지 들썩이며 웃었다.

"허허, 나도 알어. 라디오만 끼고 사는데 내가 그것 모를까 봐? 헬론가 뭔가 그 노래 알어."

할아버지가 조용필의 신곡을 안다는 말에 깜짝 놀랐다. 할아버지한테도 좋아하는 가수가 있다는 게 신기했다. 그리고 우리 할아버지가 여전히 신곡을 들을 수 있게 새 음반을 들고 나타난 가수한테 고마웠다.

"할아버지, 오래 오래 살아야 해. 내가 돈 많이 벌어서 할아버지 해외여행 시켜 줄 때까지. 응? 우리 손 꼭 잡고 여행 다니자."

"나만? 느이 아빠는?"

내가 아무 말도 하지 않자 할아버지가 내 손을 토닥이며 말했
다.

"어릴 적에 우리 어머니가 나를 혼낼 적마다 우리 할머니가
그랬어. 내 집 개도 내가 워리 해야, 남들도 워리 한다고. 그 말이
뭔 말인지 커서 알았지. 집에서 귀하게 여김을 받아야 밖에 나가
서도 귀하게 여김 받는다는 말인데……, 아빠 좀 귀하게 여겨
줘. 네가 그래 주면 아빠는 더 잘할겨. 우리 소월이는 똑똑하니
께 뭔 말이지 알지?"

나는 대답 대신 할아버지한테 이불을 덮어 주었다.

"이불 꼭 덮고 주무세요. 요즘 감기 유행이잖아."

할아버지 방을 나오자 아빠가 기다렸다는 듯 할아버지 방으
로 들어갔다. 시간이 점점 9시를 향해 가고 있었다. 시원이 아줌
마한테 연락을 해야 하나 말아야 하나 한동안 고민을 하다가 안
하기로 결정을 했다. 일단, 시원이를 먼저 만나서 얘기를 들어
보는 게 우선이라는 생각이 들었다. 무엇보다 시원이가 다시 어
디론가 사라질까 봐 불안했다. 무거운 마음으로 놀이터에 갔다.
형태도 와 있었다. 하지만 시원이는 보이지 않았다. 십 분이 지
나고, 이십 분이 지날 때까지 시원이는 보이지 않았다. 그네에
앉아서 형태와 번갈아 가며 한숨을 토해냈다.

"오, 잘 참는데?"

뒤를 돌아보니 시원이가 서 있었다.

"야, 가출해 놓고 고작 놀이터가 뭐냐?"

형태가 주먹으로 시원이 배를 쳤다. 시원이는 장난스러운 표정으로 배를 움켜잡았다. 얼굴을 보니 안심이 됐다. 그러자 나도 모르게 화가 났다.

"지금 웃음이 나오냐? 이제 어쩔 거야?"

금방 시무룩해진 얼굴로 시원이가 대꾸했다.

"몰라."

형태가 주위를 둘러보며 소곤거리듯 말했다.

"혹시나 아줌마가 여길 지나가는 거 아니겠지? 너는 불안하게 놀이터에서 접선을 할 생각을 하냐?"

"원래 등잔 밑이 어두운 법이야. 그리고 걱정 마. 우리 엄마 신고 같은 거 쪽팔려서 못해. 나한테 문자 남겼더라. 신고는 안 할거다. 집에 들어와서 이성적으로 대화하자고."

뭐라고 할 말이 없었다. 시원이가 지금 엄마한테 바라는 건 이성적인 대화가 아니라는 걸 알기에.

"야, 나 놀고 싶어서 부른 거야. 니들 이렇게 죽을상 하면 나 도망간다!"

"어쭈? 협박이냐?"

내 말에 시원이가 이죽이죽 웃었다. 가출 청소년답지 않게 시원이는 속편해 보였다. 그래서 그런지 동정심이 생기지 않았다. 가방을 열고 부스럭거리며 뒤지던 시원이가 구슬이 들어 있는 봉지를 꺼냈다.

"우리 어릴 때, 구슬치기 많이 했잖아. 그거 생각나? 어떤 형이 우리 구슬 다 뺏어가려고 했을 때 소월이가 그 형 팔뚝을 엄청 세게 물었잖아. 아, 그때 진짜 통쾌했는데!"

형태가 시원이 등을 다독이며 말했다.

"형제, 어디 아픈 건 아니지? 초딩 졸업 후로 본 적도 없는 이 희귀한 구슬을 어디서 구해 왔느냔 말이야."

"나 오늘 우리 다녔던 초등학교 앞 문방구 갔었거든. 그냥 가고 싶더라. 근데 아직도 구슬 팔더라. 더 예쁘고 세련돼졌던데? 그래서 사 왔어. 우리 오랜만에 구슬치기 한 번 하자. 가출한 친구의 소박한 소원이다. 게임엔 내기가 빠지면 안 되지. 아이스크림 내기하자."

알록달록한 구슬을 보자 어릴 적 추억이 새록새록 올라왔다. 그때는 저 구슬 하나를 더 가지려고 얼마나 애를 썼던지. 형태는 구슬을 덥석 받아들고 개수를 세서 똑같이 나누었다. 우리는 의미심장한 눈빛을 나누고 동시에 힘차게 외쳤다.

"가위바위보!"

셋 다 똑같이 주먹을 냈다. 세 개의 불끈 쥔 주먹을 보자 나도 모르게 웃음이 나왔다. 다시 우리는 큰 소리로 외쳤다.

"가위바위보!"

형태가 이겼다. 우리는 각자 적당한 위치에 구슬을 놓았다. 형태가 자못 신중한 태도로 새끼손가락을 바닥에 대고 엄지로 구슬을 쳤다. 내 구슬을 목표로 한 모양인데 구슬이 전혀 다른 방향으로 굴러갔다.

"에이! 오랜만에 하니까 영 안 맞네!"

엉뚱한 방향으로 또르르 굴러가는 구슬을 보며 나도 모르게 웃음이 나왔다. 시원이도 웃고 있었다. 그러고 보니 이렇게 활짝 웃는 시원이를 얼마만에 보는 건지…… 새삼 시원이한테 미안한 마음이 들었다.

"이번에는 구멍에 넣기 해 볼까?"

신이 난 시원이가 발뒤꿈치로 모래밭에 구멍을 팠다. 형태는 한 걸음 더 뒤로 가서 또 구멍을 팠다. 출발선에 서서 우리는 힘차게 구슬을 굴렸다. 구슬이 구멍에 안 들어갈 때마다 우리는 다 같이 안타까워했다. 셋이 웅크리고 앉아 구슬치기를 하다 보니 어린 시절로 돌아간 것 같았다. 모처럼 원없이 웃고 떠들었다.

어느새 시원이 주머니가 구슬로 불룩해졌다.

"형제, 혹시 오늘 하루 종일 구슬치기 연습한 거 아니야?"

구슬이 하나 남은 형태가 시무룩한 얼굴로 물었다. 구슬치기를 끝내고 다 같이 놀이터 의자에 앉았다. 구슬을 가장 많이 잃은 형태가 아이스크림을 사 왔다. 우리는 말없이 아이스크림을 먹었다.

걱정스러운 얼굴로 형태가 물었다.

"이제 어쩔 거야? 집으로?"

시원이가 고개를 내저었다.

"조금만 더. 생각이 아직 정리가 안 됐어. 너희들 걱정할까 봐 불러낸 거야. 나 잘 있다고."

"부모님은? 부모님 걱정하는 건 어쩔 거야. 그리고 어디서 잘 건데?"

내가 묻자 시원이가 웃음을 지었다.

"엄마 아빠도 생각할 시간이 필요할 거야. 우리 각자 시간이 필요해. 잘 데 많아. 찜질방도 많고 갈 데는 천지야."

찜질방 구석에서 처량하게 누워 있을 시원이를 생각하자 그 것도 마음에 안 들었다. 가만히 있던 형태가 생각난 듯 말했다.

"이야! 괜찮은 은신처가 생각났어! 옥탑방 형!"

형태가 계속 말을 이었다.

"우리는 네가 여기저기 떠도는 거 마음 아파 못 보지. 옥탑방 으로 가면 우리는 네가 어디 있는지 알아서 안심되고, 너도 여기 저기 떠돌지 않고 안전한 곳에서 생각을 정리할 수 있어서 좋고. 어때?"

나쁘지 않은 생각 같았다. 그런데 가출 청소년을 맑은 아저씨가 받아들여 줄지가 문제였다. 아저씨 집에서 시원이가 지낸다

144

면 마음이 놓일 것 같긴 했다. 처음으로 형태가 기특한 생각을
해냈다.

"일단, 밀어붙이자."

맑은 아저씨한테 피해를 주지 않기 위해 마트에 가서 먹을거
리를 샀다. 시원이가 계산하려고 하자 내가 지갑을 내밀었다.

"엄마한테 들킬까 봐 카드도 안 쓸 거잖아. 이럴 때 도우라고
친구가 있는 법이야."

내가 말해 놓고도 조금 멋있다는 생각이 들었다. 그동안 시
원이가 산타 노릇했으니까 이럴 때 산타가 되는 것도 나쁘지
않았다.

다행히 옥탑방에 불이 켜져 있었다. 긴장된 얼굴로 형태가 문
을 두드렸다. 문을 열고 나온 맑은 아저씨는 우리를 보고 놀란
얼굴로 물었다.

"무슨 일 있어?"

"잠깐 들어가도 돼요?"

형태가 이미 한 발을 들이밀면서 물었다. 얼떨결에 아저씨는
고개를 끄덕였다. 가출 청소년을 친구로 둔 덕분에 아저씨 집까
지 구경하게 되었다. 이 와중에 가슴이 뛰었다.

"어, 어, 들어와……."

애들을 앞세우고 아저씨 집으로 들어갔다. 아저씨 방은 아저
씨를 닮아 깔끔했다. 좁은 부엌도 깨끗하게 정리돼 있었고, 방도

깨끗했다. 특히, 아저씨 책상에 놓인 작은 토끼 인형이 눈에 들어왔다. 아저씨와 인형이 안 어울리는 듯, 잘 어울려 보였다.

"오, 이거 형 취향이에요? 근데 인형이 깨끗하지가 않네."

형태가 축 늘어진 토끼 인형을 들고 물었다.

"어, 그거 로함이가 준 거야. 로함이가 아끼는 인형인데 이사 선물로 받은 거야. 혼자 있으면 심심할 거라고 토순이랑 얘기하래. 개 이름이 토순이야. 니들도 인사해."

토끼 인형을 진짜 사람처럼 소개하는 아저씨 말에 웃음이 나왔다. 혼자 지낼 아저씨를 생각해서 아끼는 인형을 선물한 로함이의 마음도 정말 기특했다. 로함이를 생각하자 마음이 푸근해지는 것 같았다. 로함이의 엄청나게 많은 꿈 중에 몇 개 더 달라고 할걸 그랬다. 무엇보다, 로함이가 준 인형을 구석에 처박아두지 않고 잘 보살피는 아저씨의 마음은, 날 감동시키기에 충분했다.

"근데 어쩐 일이야? 밥은 먹었어?"

저녁을 대충 먹어서인지 출출하긴 했다. 살짝 눈치를 보고 있는데 갑자기 시원이가 말했다.

"저 배고파요."

평소 예의를 차리는 시원이답지 않은 대답이었다. 맑은 아저씨는 부엌에서 고민을 하더니 물었다.

"떡볶이 좋아해?"

"아, 형! 대한민국에 떡볶이 싫어하는 사람도 있어요?"

형태의 말에 아저씨가 웃었다. 시원이는 아무 거리낌 없이 바닥에 벌러덩 누웠다. 가출 이틀 만에 완전히 망가진 것 같았다. 나는 얌전히 앉아서 아저씨 방을 훑어보았다. 책꽂이나 책상을 봐도 여자 친구 사진은 보이지 않았다. 여자 친구가 없다는 것은 명백한 사실인 것 같았다. 떡볶이를 만든다고 했는데 부엌에서 짜장 냄새가 났다. 조금 있으니까 아저씨가 작은 상을 들고 왔다.

"짜장 떡볶이야. 할 수 있는 음식이 몇 안 되는데 그중 가장 자신 있는 메뉴야."

아저씨가 젓가락을 나눠 주며 말했다. 나는 얼른 떡볶이 하나를 집었다. 짜장이 떡에 촉촉이 배어 있어서 정말 부드럽고 맛있었다. 맑은 아저씨표 떡볶이는 맵지도 않고 달달한 짜장 맛이 일품이었다.

"진짜 맛있어요!"

형태와 시원이도 허겁지겁 떡볶이를 먹었다. 시원이는 안쓰러울 정도로 허겁지겁 먹었다. 코앞에 멀쩡한 집을 두고 남의 집 옥탑방에서 떡볶이를 먹고 있는 시원이의 현실이 암담했다. 떡볶이를 다 먹고 나자 적막이 흘렀다.

"저, 형! 사실 시원이가 잠깐 홀로서기 중이라서요, 며칠만 이집에서 신세 좀 지면 안 될까요? 형이 안 받아 주시면 이 자식은 우리가 모르는 데로 숨어 버릴 거래서요, 그럼 더 불안해서요."

맑은 아저씨 표정이 어두워졌다.

"부모님은 어떻게 하고?"

우리는 아무 대답도 하지 않았다. 아저씨가 말했다.

"어떤 건지 대충 짐작은 되는데 뭐든지 부딪혀야 해. 이런다
고 답은 안 나오더라. 일단, 오늘은 그냥 자고, 내일 또 얘기하
자."

역시 맑은 아저씨는 시원시원했다. 형태와 나는 안심하고 아
래층으로 내려왔다.

'아! 퍼즐!'

문득 화방 할아버지가 준 퍼즐이 생각났다. 내일 하루 종일
시원이를 안전하게 붙잡아 두기에 천개의 퍼즐 조각만 한 게 없
었다. 당장 퍼즐을 들고 옥탑방으로 올라가 시원이를 불러냈다.

"내일까지 이거 다 맞춰 놔. 할 일 없는 네가 맞추는 게 제격
이다. 그럼, 내 방에 이 액자가 걸리는 영광을 얻게 될 거다."

시원이가 퍼즐을 받으며 미소를 지었다. 그 미소에 안심됐다.
시원이 품에 퍼즐을 안겨 주고 내려오려는데 시원이가 갑자기
내 손을 잡더니 나를 지그시 쳐다보았다. 순간, 열이 확 올랐다.

"돌았냐? 왜 이래?"

시원이가 내 손에 구슬을 쥐여 주며 말했다.

"너, 옛날에 내가 구슬 다 주면 나랑 결혼할 거라고 한 거 생
각나? 그래서 그때 내 구슬 너한테 다 줬잖아. 이거 보면서 기억

해라. 우리, 결혼할 사이야! 내 꿈 꿔라!"

"미, 미친놈!"

9
자리를 찾지 못한 가구들

계단을 달려 내려오는데 가슴이 마구 뛰었다. 가끔 심장이 내 의지와 상관없이 이렇게 마구 뛸 때가 있다. 내 심장이 절대 시원이 말 때문에 뛰는 게 아니라고 나는 냉철하게 나의 뇌에게 명령했다. 그런데도 뇌가 명령을 제대로 전달하지 못하는지 심장이 마구 뛰었다.

집에 들어가자 다들 자는지 집안이 조용했다. 마음을 진정시킬 겸 할아버지 방문을 살짝 열어 보았다. 편안한 얼굴로 잠든 할아버지를 보자 안심이 되었다. 내 방으로 들어가려다가 나도 모르게 아빠 방문을 열어 보았다. 이불 한가운데는 소중이가 차지하고 아빠는 구석에서 웅크린 채 자고 있었다. 그 모습을 보니 조금 짠한 마음이 들었다.

책상에 시원이한테서 받은 구슬을 올려 두고 한참을 보았다. 불빛 아래에서 보니 구슬이 더 예뻐 보였다. 여덟 살 때인가, 시원이가 백 개쯤 되는 구슬이 들어 있는 보물 상자를 나한테 준 적이 있다. 생각해 보면 시원이는 내가 마음에 들어 하는 것들은 뭐든지 내 손에 쥐여 주고 갔다. 그때 내 보물 상자에 들어 있던 것들이 생각났다. 딱지, 이상한 돌멩이, 만화가 그려진 껌 종이…… 지금 나에게 쓸모없는 것들로 가득 찬 것이 내 보물 상자였다.

엄마 카세트와 그 옆에 놓여 있는 테이프에 눈길이 갔다. 내 보물이 이렇게 또 망가져 버렸다. 더 이상 들을 수 없게 늘어난 테이프가 엄마와 나의 현실을 말해 주는 것 같았다. 카세트를 한쪽 구석에 밀어 두었다. 어차피 처음부터 이 카세트는 엄마와 나를 이어 줄 수 없었다. 갑자기 머리가 지끈지끈거렸다. 엄마 카세트에서 마지막으로 들었던 노래가 생각났다. 행복의 나라로 가자고 외치던 그 목소리. 그리고 내 책상에 붙여진 로함이의 그림이 보였다. 나비를 타고 벚꽃 파티를 하는 행복한 날이 나에게 오긴 할까…… 행복이 도대체 뭘까. 형태와 시원이는 행복해지겠다고 자기들만의 시위를 하고 있다. 할아버지가 쓰러지던 날만 해도 제대로 살아 보고 싶었는데, 어떻게 살아야 제대로 사는 건지 감이 오질 않았다. 할아버지한테 호강시켜 주겠다고 큰소리를 쳤는데 내가 과연 뭘 할 수 있을지도 의문이었다. 밤새 뒤척이다 새벽녘에 잠깐 잠들었다 알람 소리에 금방 눈을 떴다. 평소에 안 하던 고민을 갑자기 하니 잠이 안 올 수밖에.

아침 식사를 알리는 종소리에 아래층으로 내려갔다. 아빠는 아줌마를 도와 식탁에 반찬을 놓고 있었다. 아줌마 얼굴이 다른 때보다 더 환해 보였다. 두 할아버지는 신문을 보고 있었다. 아줌마가 호들갑스럽게 나를 보며 말했다.

"소월! 오늘 계란말이는 아빠가 한 거야. 아빠가 요리도 잘하시네!"

아빠는 쑥스러운 듯 손사래를 치며 말했다.

"아이, 누님! 이게 무슨 요립니까. 자취 반찬이지."

누님, 이라는 말에 온몸에 닭살이 돋았다. 아빠는 자립하는 능력은 없지만 남에게 기대는 능력은 태생적으로 타고난 것 같았다.

아침 식탁을 유심히 보던 형태가 갑자기 호들갑스럽게 말했다.

"오, 오늘 반찬 많네! 엄마, 나 오늘 아침 일찍 나가야 해. 점심 먹으러 안 올 거니까 도시락 싸 줘. 밥 많이 반찬도 많이!"

아줌마 눈이 휘둥그레졌다.

"어머! 우리 아들이 웬일이야? 알았어. 금방 도시락 싸 줄게! 그림 실력도 중요하지만 비교평가 성적 무시 못 하는 거 알지? 너 작년에 비평 성적이 모자라서 떨어진 거야. 우리 아들, 이번

152

엔 열심히 하니까 빛을 볼 거야."

콧노래를 부르며 아줌마가 도시락을 쌌다. 나는 의아한 얼굴로 형태를 봤다. 형태가 다가오더니 귓속말을 했다.

"불쌍한 형제, 밥 챙겨 줘야지."

시원이 밥을 챙겨 줄 생각은 미처 하지 못했다. 처음으로 형태가 괜찮은 녀석이라는 생각이 들었다. 맑은 아저씨가 내려오자마자 우리에게 가까이 다가왔다. 아저씨와 비밀을 공유하게 되자 전보다 훨씬 더 친밀해진 것 같았다. 아저씨한테 형태가 도시락 신호를 보내자 아저씨도 고개를 끄덕였다.

아줌마가 내 앞으로 반찬을 밀며 말했다.

"내가 요즘 새로운 강의 듣고 있잖아. 그거, 토요일마다 공개 녹화하는데 소월아 우리 같이 가자. 인터넷으로 신청 좀 해 봐. 그거 보니까 생각이 트인 엄마들은 다 자기 애들을 데려오더라. 네가 가야 형태랑 시원이도 따라가지. 내 친구도 아들 데리고 다녀온 뒤로 둘이 더 소통이 잘 된다고 하더라."

형태가 인상을 쓰며 고개를 내저었다.

"아, 엄마나 가. 난 안 가."

아줌마가 형태를 잡아먹을 듯이 노려보자 화방 할아버지가 얼른 나섰다.

"인마, 엄마가 가자면 한 번 가 봐. 소월이랑 시원이도 다 함께 가면 좋지 뭐. 그런 거 들어서 나쁠 거 없지. 어차피 그 시간에 너

늦잠 자잖아."

지원군을 얻은 아줌마는 얼굴에 다시 미소를 띠며 말했다.

"될지 안 될지 몰라도 일단 해 봐. 얼른 인터넷 들어가서 신청
해 봐. 아들, 스마트폰 이럴 때 써먹어야지. 얼른 인터넷 들어가
봐."

하는 수 없이 형태는 아줌마와 원활한 소통을 위해 강의 신청
을 했다. 졸지에 나까지 황금 같은 토요일에 아줌마를 따라서 지
루한 강의를 듣게 생겼다. 내가 뾰루퉁해 있자 아줌마가 말했다.

"소월, 너도 가면 놀랄 거야. 정말 이 아줌마 인생이 바뀌고 있
다니까. 나를 찾아가는 행복을 알아간다고나 할까. 호호호."

아빠가 아줌마를 보며 고개를 끄덕이며 말했다.

"누님 연세에 이렇게 밝아 보이기 쉽지 않은데, 다 이유가 있
었네요. 나를 찾아가는 행복이라, 저도 그 행복을 알고 싶네요."

"어머! 우리 미스터 김도 같이 갈래요?"

손사래를 치며 아빠가 말했다.

"아니, 아니요! 저는 강의 같은 거 못 들어요. 의자에 가만히
앉아 있으면 좀이 쑤셔서. 그리고 저 이제 바쁩니다. 장인어른이
랑 구둣방에 나가야 돼서요."

아줌마는 실망한 얼굴로 고개를 끄덕였다. 아빠는 당분간 할
아버지를 따라 구둣방을 나가기로 했다. 할아버지는 그런 아빠
를 보며 흐뭇한 미소를 지었다. 할아버지한테 쉬라는 말은 통하

154

지 않았다. 할아버지 고집은 누구도 꺾을 수 없다는 걸 알기에 아빠한테 신신당부를 했다. 할아버지가 힘든 일 하지 못하게 잘 지켜보라고. 아빠가 미덥지 않았지만 혼자서 사고를 치는 것보다는 할아버지 옆에 있는 게 나을 듯싶기도 했다.

아침 식사를 마치고 어른들은 모여서 커피를 마셨다. 맑은 아저씨가 일어나자 나도 따라 일어났다. 형태도 도시락을 들고 일어났다. 우리는 계단을 뛰어 올라가 아저씨한테 도시락을 맡겼다. 걱정스러운 얼굴로 아저씨가 도시락을 받았다.

"이거, 이래도 되는지 모르겠다. 어제 잠도 제대로 못 자던데. 나는 오늘 일이 있어서 밤늦게나 들어올 거야. 너희들이 시원이랑 얘기 잘 해서 집에 들어가게 좀 해 봐. 알았지?"

괜히 아저씨한테 무거운 짐을 지워 준 것 같아 미안한 마음이 들었다. 형태는 시원이 도시락 챙겨 주려다 괜히 아침부터 나가게 생겼다.

"아, 난 어디 가서 방황하나. 오늘은 레슨도 없는데."

"너 언제까지 그 비싼 레슨비 내면서 연기할래? 빨리 결정지어라."

형태 얼굴이 금세 어두워졌다.

"우리 엄마가 날 죽이지는 않겠지?"

초등학교 때 컴퓨터실에서 했던 지뢰 게임이 생각났다. 어디에서 지뢰가 터질지 몰라서 조마조마하며 했던 게임. 시원이 폭탄이 해결되지도 않았는데 형태 폭탄까지 남았으니……. 아줌마의 밝은 미소를 다시 볼 수 없을까 봐 겁이 났다. 학교 가는 걸음이 너무나 무거웠다.

수업 시간 내내 집중이 되지 않았다. 자꾸 눈썹 주변이 지끈지끈 아파 왔다. 아직 해결되지 않은 아빠 문제도 컸다. 아빠가 자리를 잡아야 할아버지도 안심할 텐데, 아빠의 자리가 어디인지 도무지 알 수가 없었다. 쉬는 시간에 시원이한테 문자를 보냈다.

뭐하냐. 심심하면 딴 생각하지 말고 퍼즐 맞춰.

시원이는 점심 시간까지 답장이 없었다. 괜히 마음이 불안해졌다. 시원이가 이대로 또 사라지면 시원이 아줌마한테도 죄를 짓는 기분이 들 것 같았다. 어쩔 수 없이 담임을 찾아갔다. 조퇴를 하고 학교를 나왔다.

봄 햇살이 눈부셔서 눈을 제대로 뜰 수가 없었다. 집으로 가는 길에 휴대폰을 또 확인해 보았다. 그런데도 시원이는 답장이 없었다. 시원이 아줌마한테 전화를 해야 할 것 같은 마음이 들었다. 아줌마는 우리보다 더 많이 걱정을 할 테니까. 어떻게 말할까 수십 번 고민하다가 전화를 걸었다. 한참 신호음이 울리더니 아줌마가 전화를 받았다.

"응, 소월아."

갑자기 숨이 턱 막히는 것 같았다. 시원이 안부를 먼저 물을 줄 알았는데 너무나 일상적인 아줌마의 반응에 맥이 풀렸다. 나도 모르게 거짓말이 나와 버렸다.

"시원이 연락이 있나 해서요……."

떨리는 내 목소리에 비해 아줌마 목소리는 침착했다.

"곧 오겠지."

무슨 말을 해야 할지 몰라 대충 인사를 하고 전화를 끊었다. 아줌마가 형태 아줌마처럼 울고불고 했다면 사실을 말했을지도 모른다. 너무나 차가운 아줌마의 목소리 때문에 시원이에게 더 동정심이 생겼다. 씁쓸한 마음으로 집으로 향했다. 문득, 할아버지 구둣방에 가 보고 싶었다. 시원이도 시원이지만 아빠가 할아버지를 잘 돕고 있는지 확인할 필요가 있었다.

불쑥불쑥, 이 모든 게 아빠 때문이라는 생각이 들었다. 할아버지가 쓰러진 것도, 내 머리가 폭발할 것처럼 아픈 것도, 이제 더이상 엄마가 좋아했던 노래를 들을 수 없게 된 것도.

'아빠만 나타나지 않았어도…….'

아빠가 나타나지 않았다면 나와 할아버지는 안전하게 잘 살고 있었을 것만 같았다. 아빠가 나타난 뒤에 일어난 모든 일이 꿈처럼 느껴졌다. 꿈에서는 곧 꿈에서 깰 거라는 희망이 있었는데 도무지 희망이 보이지 않았다. 편의점을 보자 할아버지가 좋아하는 비타민 음료수가 생각났다. 습관처럼 하나만 사서 나왔다가 다시 들어가 한 병을 더 샀다. 까만 봉지 속에서 두 병의 음료수가 달그락거리며 소리를 냈다. 한 병만 사 갈 때는 듣지 못했던 소리다. 어쩌면 모이면 부딪히는 사람들이 가족일지도 모른다는 생각이 들었다. 아빠를 만나기 전까지 이렇게 부딪힐 일은 없었으니까.

구둣방에 할아버지도 아빠도 없었다. 의자에 신문이 놓여 있길래 신문을 뒤적였다. 한참 만에 아빠가 들어왔다.

"소월아! 언제 왔어? 학교가 이렇게 빨리 끝났어?"

아빠가 놀란 듯 물었다.

"아, 오늘 일찍 끝나는 날이야. 학교에 행사 있었어. 할아버지는?"

"응, 구두 굽이랑 신발 깔창 사러 동대문에 가셨어. 아까, 아까 가셨으니까 곧 오실 거야."

할아버지가 없다고 바로 일어서기도 애매했다. 앉아 있자니 아빠와 딱히 할 말도 없었다. 신문을 조금만 더 뒤적이다가 일어설 생각으로 앉아 있었다. 아빠도 내 눈치를 살피며 괜히 이곳저곳을 닦았다.

"저기, 저기 말이야. 엄마 카세트, 잘 보관하고 있어?"

카세트라는 말에 나도 모르게 표정이 굳어졌다. 아빠는 내 눈치를 살피며 말했다.

"아니, 그냥! 내가 엄마한테 마지막으로 준 선물이거든. 엄마가 노래 듣는 걸 좋아했어. 공무원 입시 학원 다닐 때 항상 귀에 꽂고 다녔었어. 할아버지가 너한테 있다고 해서 궁금해서……."

내가 애지중지하는 엄마 카세트가 아빠의 선물이라니 기분이 또 이상해졌다. 엄마가 항상 지니고 다녔다는 말을 듣자 카세트가 더 소중하게 느껴졌다.

"고장 났어. 테이프가 이상하게 늘어지는 소리를 내더라고."

흠칫 놀란 얼굴로 아빠가 물었다.

"나의 베스트?"

내가 쳐다보자 아빠가 수줍게 웃었다.

"엄마가 산울림 노래들 중에서 자기가 좋아하는 노래랑, 다른 노래 몇 곡 녹음해서 만든 거거든. 엄청 자주 들었었어."

엄마가 자주 들었던 노래를 나도 자주 들었다. 그래서 우리가 함께 들은 테이프가 늘어지고 말았다.

"그거, 방법이 있어."

"뭔데?"

아빠가 눈을 치켜뜨고 자신 있다는 표정으로 말했다.

"아빠가 해 줄게. 걱정하지 마!"

갑자기 가슴속 저 아래에서 무언가 올라오는 것 같았다. 내가 얼마나 듣고 싶었던 말이었는지 듣는 순간, 알아 버렸다.

'아빠가 해 줄게. 걱정하지 마.'

정말 아빠가 고쳐 줄 수 있을지는 의문이다. 하지만 내 마음과 상관없이 자꾸 그 말을 믿고 싶어졌다.

"구두 좀 닦읍시다."

때마침 남자 손님이 들었다. 아빠는 할아버지와 달리 구두 닦는 자세가 영 어설펐다. 손님도 아빠를 미덥지 않은 시선으로 지켜보다 물었다.

"주인 할아버지는 어디 가셨습니까?"

"아, 곧 오십니다. 외출하셨어요. 혹시 마음에 안 드시면 다시 오세요. 제가 초보라서 아직 서툴러요."

나는 모른 척 신문을 뒤적였다. 신문을 넘기는데 큼지막한 광고가 눈에 띄었다.

반려(애완) 동물 관리사 제 1회 시험을 노려라!

광고 제목을 보는 순간, 나도 모르게 아빠를 쳐다봤다.

동물을 사랑하는 마음 하나로 자격증 취득 가능!
응시자격 만 18세 이상 남·여, 연령, 경력, 제한 없음.

이거였다! 아빠가 도망가지 않고 평생 할 수 있는 직업. 할아버지한테 짐이 되지 않는 인생을 살 수 있는 길이 보이는 것 같왔다. 나는 신문을 들고 손님이 나갈 때까지 얌전히 기다렸다. 손님이 나가자마자 아빠한테 물었다.

"그때, 아빠한테 맞는 일 알아보겠다고 했잖아. 찾고 있어?"

아빠는 뜨끔했는지 얼버무리듯 대답했다.

"아니, 저기 조금씩 알아보고 있어. 아, 근데 소월아 아빠 놀고만 있지는 않아. 이번 주말에는 백화점 아르바이트 잡았걸랑. 아빠 진짜 열심히 살 거야. 네가 나 다시 찾으러 와 줬잖아. 그 은혜에 꼭 보답할 거야."

기가 막혔다. 딸한테 은혜를 갚겠다니.

"아, 제발 좀 어른스러워져! 그나저나 소중이 돌보는 거 안 귀찮아?"

눈을 동그랗게 뜨고 아빠가 손을 내저었다.

"아니! 너 귀찮게 하지 않으려고 내가 많이 신경 쓰는데, 너 귀찮아?"

"아니, 아빠가 소중이 돌보는 일을 좋아하는지 묻는 거야. 그러니까, 소중이 말고 다른 개나 동물들도 잘 돌볼 수 있나 해서."

아빠가 물었다.

"왜? 누가 너한테 개 맡아 달래? 데리고 와. 내가 얼마든지 봐 줄 수 있걸랑. 전에 아빠 아는 사람이 자기 집 개가 갑자기 안 씻으려고 한다는 거야. 몇 달 동안 씻지를 않아서 냄새가 나는데 어떻게 할 수가 없다고 하더라. 그래서 내가 한 번 그 집에 놀러 갔거든. 내가 그 개랑 눈을 맞추면서 손을 내미니까 갑자기 그 개가 나한테 오는 거야. 그래서 개를 잘 씻겼지. 그런 고집 센 개도 씻겼으니까 문제없걸랑. 데려와."

"그럼, 이거 한번 읽어 봐!"

신문 광고를 읽는 아빠 표정이 놀람에서 점점 기쁨으로 변하고 있었다.

"진짜 이런 일이 있을까?"

내친김에 핸드폰을 꺼내서 광고에 나온 전화번호를 눌러 아빠한테 건넸다. 상담을 하는 아빠 얼굴이 점점 상기되는 것 같았다. 전화를 끊고 아빠가 말했다.

"1차 필기시험은 4과목이고 2차는 실무교육을 받아야 한대. 9월에 시작이니까 그동안 아르바이트 열심히 하면 수강료 충분히 모을 수 있어."

갑자기 아빠가 내 손을 덥석 잡았다.

"소월아, 이게 꿈은 아니지?"

나는 너무 놀라 얼음이 되어 버렸다. 아빠도 내 얼굴을 보고 정신이 들었는지 얼른 내 손을 놓았다. 일곱 살 때 이후로 처음으로 아빠와 손을 잡았다.

"무슨 좋은 일 있냐?"

할아버지였다. 아빠는 할아버지한테 신문을 보이며 말했다.

"장인어른, 제가 읽어 드릴 테니까 들어 보세요!"

아빠는 신문 광고를 큰 소리로 할아버지한테 읽어 주었다. 좀처럼 표정에 변화가 없는 할아버지 얼굴에도 웃음이 번졌다. 할아버지의 바람대로 아빠가 진득하게 할 수 있는 일을 찾아서 다행이다. 물론, 아빠를 더 지켜봐야 알겠지만.

걱정했냐? 나 안전하게 있으니 걱정 마.

시원이한테서 답장이 왔다. 늦게 답장한 것이 괘씸하긴 했지만 연락이 오니까 마음이 놓였다. 느긋한 마음으로 홍대 정문에 있는 빵집까지 갔다. 가게에 들어가자 갓 구운 빵 냄새가 작은 가게 안에 가득했다. 하얀 옷을 입고 길쭉한 모자를 쓴 파티시에들이 분주하게 빵을 만들고 있었다. 그중에는 나이가 들어 보이는 외국인도 두 명 있었다. 그래서 그런지 이 가게에 오면 꼭 외국에 온 것 같은 기분이 들었다. 갓 구운 빵들은 가게 밖까지 줄선 사람들이 금방금방 사 갔다. 시원이를 핑계로 맑은 아저씨한테 빵을 선물할 기회가 생겼다. 아저씨가 좋아할 만한 빵을 골랐다.

"학생 자주 오네요."

매니저 언니가 알은체를 했다. 나는 고개만 까딱하며 돈을 내밀었다. 매니저 언니가 계산서와 함께 작은 종이를 주었다.

"우리 다음 달부터 베이커리 클래스 하거든요. 관심 있으면

163

한번 읽어 봐요."

종이봉투를 끌어안았다. 따뜻한 빵이 품에 느껴지자 기분이 좋아졌다. 따끈한 빵 냄새를 맡으며 집까지 걸어갔다. 형태 아줌마한테 들키지 않게 곧장 계단으로 가서 옥탑방으로 올라갔다. 시원이는 간도 크게 평상에서 퍼즐을 맞추고 있었다.

"야, 미쳤냐? 왜 밖에 나와 있어?"

"내가 죄 지었어? 밖에도 못 나오게."

시원이는 가출하더니 담력이 커진 것 같았다. 퍼즐은 절반쯤 맞추어져 있었다.

"여태껏 고작 이거 한 거야? 난 다 맞췄을 줄 알았더니."

눈을 부라리며 시원이가 대꾸했다.

"어젯밤부터 맞춘 거야. 잡념 물리치는 데 짱인데 진짜 머리 터지는 줄 알았거든! 아마 너 혼자 했으면 갖다 버렸을걸? 빵이나 줘."

빵 봉투를 받아든 시원이는 아저씨를 위해 신중하게 고른 버터 브레첼을 꺼냈다.

"아줌마 연락 안 왔어?"

고개를 내저으며 시원이는 빵을 크게 베어 물었다. 시원이 마음을 떠 보고 싶었다.

"아줌마가 너 데리러 오면 좋겠지? 자존심도 지킬 수 있고."

"아니, 전혀. 엄마랑 상관없어. 내 생각이 정리되면 들어갈 거

164

야. 자존심 같은 것도 상관없어."

시원이는 여전히 퍼즐 맞추는 데만 집중을 했다. 상자에 그려진 그림을 보면서 시원이는 한 조각, 한 조각 퍼즐을 맞춰 갔다. 그 어느 때보다 진지한 얼굴로. 완성될 퍼즐은 고흐의 '아를의 방'이었다. 침대는 벌써 다 맞춰져 있었다. 두 개의 의자도 맞춰져 있었다. 나는 벽에 걸린 두 개의 액자가 그려진 그림을 찾았다. 시원이는 바닥을 맞추는 중이었다. 미간을 잔뜩 찌푸린 채 바닥을 하나하나 맞추고 있었다. 나는 침대 옆에 있는 테이블이 그려진 퍼즐을 찾아서 맞추었다. 시원이는 어느새 창틀까지 끝낸 상태였다. 시원이는 퍼즐을 맞추는 데 목숨이라도 건 사람처럼 미동도 하지 않았다. 시계를 보니 벌써 두 시간이나 훌쩍 지나 있었다. 문제는 푸른 벽이었다. 벽을 맞추려다 보니 울화통이 치밀어 올랐다. 직소퍼즐을 맞추다가 혈압으로 죽은 사람은 없는지 검색해 보고 싶은 심정이었다.

"오늘은 여기까지! 진짜 머리 터지겠다. 너 저쪽 들어. 조심조심 옮기자."

조심스럽게 이젤을 들어 아저씨 집 부엌에 두었다. 완성되지 않은 방이 공사 중인 것처럼 보였다. 자기 자리를 찾지 못한 퍼즐 속 가구들과 우리가 별반 다르지 않았다.

165

10
그래, 걷자

"저녁은 외식할래?"

시원이가 물었다.

"나쁠 것 없지!"

1층을 통과하는 것이 문제였다. 내가 먼저 내려가 망을 보았
다. 아줌마가 주방에 들어간 틈을 타서 시원이와 재빨리 빌라를
빠져나왔다.

시원이가 의미심장한 눈빛으로 말했다.

"잠깐 집에 좀 들르자."

"들르자고? 아예 들어가는 게 아니라?"

나지막한 소리로 시원이가 말했다.

"엄마 아빠 아직 집에 올 시간 아니야. 잠깐 들어가서 바이올

린만 가지고 나오게."

"근데 계시면? 그럼 어쩔 건데?"

아무렇지도 않게 시원이가 말했다.

"그럼, 그냥 오지 뭐. 일단, 가 보자!"

도대체 무슨 생각을 하고 있는 건지 알 수가 없었다. 시원이와 함께 시원이네 집 앞으로 갔다. 시원이 바람대로 집 안에 불이 켜져 있지 않았다.

"잠깐 여기 있어. 얼른 갔다 올게."

한참을 기다려도 시원이가 나오지 않았다. 점점 걱정됐다. 혹시, 아줌마와 마주친 건 아닌지.

"오래 기다렸지?"

대담하게 바이올린 가방을 메고 나오며 시원이가 말했다.

"미쳤어? 바이올린 도둑맞은 줄 알고 아줌마 쓰러지면 어쩔래?"

"걱정 마. 편지 써 뒀어. 나 오늘 집에 들어갈 거야."

확답을 받고 싶었다. 이대로 시원이가 사고를 치지는 않을지 걱정이 됐다.

"너 그렇게 말하고 약속 안 지키면 나 진짜 너랑 절교할 거야. 진짜로!"

시원이는 몇 번이고 고개를 끄덕이며 말했다.

"안 도망가! 나 처음이자 마지막으로 해 보고 싶은 게 생겼어.

거리 연주."

내가 말하기도 전에 시원이는 스마트폰으로 지하철 노선을 검색하며 말했다.

"사람들이 제일 많이 붐비는 역이 신도림역이래. 거기로 가 보자."

빠른 걸음으로 지하철역으로 가는 시원이를 얼떨결에 따라가며 머릿속이 복잡해졌다. 시원이를 말려야 할 것 같기도 하고, 내버려 둬야 할 것 같기도 하고 정리가 안 됐다. 퇴근 시간이라 그런지 지하철은 사람들이 너무 많았다. 시원이는 바이올린 가방을 품에 안다시피 하고 구석에 서 있었다. 신도림역에 도착하자 지하철을 기다리고 있던 사람들이 우리가 내리기도 전에 올라타려고 밀려들었다. 한 번 문이 닫힐 뻔했다 다시 열려서 겨우 내릴 수 있었다. 정신이 하나도 없었다. 분주하게 움직이는 사람들 틈에서 시원이는 두리번두리번거리더니 자리를 찾았다.

"저기 구석에 있는 기둥 어때?"

아까 아빠 얼굴에서 봤던 설레던 표정이 시원이 얼굴에서도 보였다. 대충 고개를 끄덕이고 시원이를 따라 걸었다. 곁눈질로 힐끔 시원이를 쳐다보다 눈이 마주쳤다. 시원이가 물었다.

"너, 나 창피해?"

"그럼 안 창피하냐? 엄청 쪽팔려! 까짓것, 기왕 하기로 한 거니까 잘해 봐."

자리를 잡고 시원이가 가방에서 바이올린을 꺼냈다.

"넌 저쪽에 가 있어."

내심 다행이라는 생각이 들면서도 걱정되었다.

"진짜? 괜찮겠어?"

"실험이잖아. 넌 저기서 그냥 지켜 봐."

당연히 시원이가 나를 데려온 이유는 옆에 있어 달라고 하는 건 줄 알았다. 심장이 이렇게 빠르게 뛸 수 있다는 게 신기할 정도로 내 가슴이 빠른 속도로 뛰었다. 낮에는 퍼즐 맞추다 혈압이 상승하고, 저녁에는 이상한 실험 때문에 가슴이 터질 것 같았다. 몇몇 사람들이 지하철을 기다리며 시원이를 쳐다보았다. 시원이는 심호흡을 하더니 바이올린을 어깨 위에 올렸다. 그러고는 턱을 바이올린에 갖다 댔다. 입이 바짝바짝 마르는 것 같았다. 마른 침을 삼키며 시원이를 지켜보았다.

'제발…….'

드디어 시원이가 활을 바이올린에 갖다 댔다. 몇 소절 연주하지도 않았는데 느닷없이 공익요원이 호루라기를 불며 달려왔다.

"학생, 여기서 연주하면 안 됩니다."

당황한 얼굴로 시원이가 바이올린 가방을 챙겼다. 나는 얼른 달려가서 공익요원에게 말했다.

"아저씨, 애가 오늘 꼭 공연을 해야 하거든요. 한 곡만 해 보면 안 될까요?"

공익요원은 단호한 표정으로 고개를 내저었다.

"지금 위에서 CCTV로 다 지켜보고 있기 때문에 내가 허락해 준다고 되는 게 아니야. 그리고 이런 거 하려면 미리 신고를 해야 해."

진짜, 실망이었다. 물건을 파는 것도 아니고, 소란을 피우는 것도 아닌데 원칙만 따지는 공익요원이 너무 야속했다. 몇 번이나 주의를 주고 공익요원이 돌아갔다. 사람들이 우리를 이상한 눈빛으로 힐끔힐끔 쳐다보았다. 눈치 없이 뱃속에서 꼬르륵 소리가 났다.

"가자!"

시원이가 내 손을 잡아 일으켰다. 기운이 빠졌다. 신도림역 밖으로 빠져나와서 분식집으로 들어갔다. 분명, 뱃속에서는 꼬르륵 소리가 났는데 막상 음식을 앞에 두니 입맛이 사라졌다. 시원이도 입맛이 없는지 아예 손을 대지도 않았다.

"망했어. 이게 끝인가 봐."

웅얼거리듯 시원이가 말했다. 뭐라고 위로를 해야 할지 몰라서 가만히 있었다. 가만히 앉아서 음식만 노려보다 자리에서 일어났다. 불쌍한 시원이를 위해 뭐라도 해 주고 싶었다.

"가자. 형태 불러서 우리끼리 하면 되지."

형태한테 전화를 걸었다. 형태는 미용실 일을 마치고 놀이터로 오기로 했다. 축 처진 시원이 팔을 끌고 다시 지하철역으로 내려갔다. 역 안은 퇴근 시간이 지나서 그런지 아까보다 훨씬 한산했다. 여전히 사람들의 걸음은 빨랐다. 다들 귀에 이어폰을 꽂고 무심한 눈길로 빠르게 걸어갔다. 의자에 앉아서 지하철이 오기를 기다리는데 갑자기 시원이가 일어났다.

"너, 여기에 있어. 누가 나 말려도 오지 마."

비장한 표정으로 일어난 시원이는 에스컬레이터 앞에서 갑자기 바이올린 꺼냈다. 사람들이 하나 둘 시원이를 쳐다보았다. 시원이는 아무도 보지 않겠다는 듯 눈을 감고 바이올린을 턱에 갖다 댔다. 그러고는 활을 높이 쳐들더니 바이올린에 갖다 댔다. 아주 작고 낮은 음이 지하철역 안에 울려 퍼졌다. 「You Raise Me Up」을 연주하는 시원이는 얼굴로, 온몸으로 연주를 하고 있었다. 사람들은 대부분 귀에 이어폰을 꽂고 멍하니 지하철이 오기를 기다리고 있었다. 바로 몸을 돌리면 시원이의 연주를 보고 들을 수 있는데 누구도 등을 돌리지 않았다. 연주가 중반부에 가지도 않았는데 지하철이 도착한다는 안내방송이 흘러나왔다. 시원이의 연주는 안내방송에 묻히고, 지하철이 들어오는 소리에 묻혀 버렸다. 지하철이 다시 출발하고 사람들이 우르르 내렸다. 그리고 시원이의 연주가 끝났다.

"학생! 학생!"

호루라기를 불며 공익요원이 다시 뛰어왔다. 시원이는 꾸벅

171

머리를 숙이고는 얼른 바이올린을 가방에 넣었다. 에스컬레이터를 타고 올라가는 사람들은 그런 시원이를 이상한 눈으로 쳐다보았다. 우리는 아무 말 없이 지하철을 기다렸다가 홍대역으로 가는 지하철을 탔다. 홍대역에 내려서 다시 상수동으로 향했다. 놀이터에 갈 때까지 우리는 아무 말 없이 그냥 걸었다.

'시원이는 무엇을 보고 싶었을까……'

놀이터에 도착하자 형태가 혼자서 그네를 타고 있었다.

"형제들! 왜 이렇게 늦었어?"

그네가 지지대 너머로 넘어갈 것처럼 형태는 위태로워 보이게 높이 올라가고 있었다. 형태가 그네를 타는 모습을 물끄러미 보다 주위를 둘러보았다. 운동 기구에서 운동을 하는 아주머니 두 분 말고는 사람이 없었다.

곧 울 것 같은 표정으로 앉아 있는 시원이에게 말했다.

"여기 미끄럼틀 아래 어때? 우리가 최초의 관객이 되어 줄게. 빨리!"

미끄럼틀 아래는 시원이 혼자 서 있기 안성맞춤이었다. 주뼛거리며 시원이가 미끄럼틀 아래 섰다. 나는 형태와 함께 바닥에 앉았다.

심호흡을 한 시원이는 아까 소음 때문에 다 듣지 못했던 연주를 다시 시작했다. 초등학교 때 학예회가 생각났다. 턱시도를 입고 바이올린을 연주하던 시원이. 한 소절이 틀렸다고, 엄마도 알아 버린 것 같다고 울던 시원이. 그 겁 많던 시원이가 언제 이렇게 컸나 싶었다.

후렴부로 갈수록 시원이 몸이 바이올린과 점점 하나가 되는 것 같았다. 그 모습이 꼭, 온몸으로 울고 있는 것처럼 보였다. 아니, 우리를 대신해서 시원이가 온몸으로 외치는 것 같았다. 언제쯤, 우리가 행복할 수 있을까 하고……. 후렴구를 듣는데 나도 모르게 울컥 했다. 후렴구를 한 번 더 연주한 뒤 시원이가 여운을 남기듯 연주를 끝냈다. 한동안 가만히 서 있던 시원이가 주저앉으며 울음을 터뜨렸다. 그냥 운 게 아니라 엉엉 소리를 내며 울었다. 형태가 시원이를 안아 주었다. 형태 품에서 한참을 울던 시원이가 고개를 들며 멋쩍게 웃었다.

"잊어 주라."

"너 같으면 잊겠냐? 쪽팔리게 엉엉 울어 놓고는! 울다가 웃으면 엉덩이에 털 난다."

시원이가 웃었다. 그러고는 벌떡 일어났다.

"고맙다…… 나 이제 집에 갈래."

"어쩌려고?"

바이올린을 어깨에 메며 시원이가 심호흡을 했다.

"부딪혀 보려고. 내일 보고할게."

돌아서서 가는 시원이에게 형태가 큰 소리로 외쳤다.

"너 괜찮은 연주자야! 나 진짜 감동 먹었어!"

173

곧 터지게 될 폭탄, 형태를 보는데 한숨이 절로 나왔다.

"넌 어쩔래?"

"오늘이다. 시원이를 보니까 더는 늦어지면 안 되겠다. 가자!"

두 주먹을 불끈 쥐고 형태가 일어섰다. 과연 저 비장함이 몇 분이나 갈 수 있을지 걱정됐다. 집 앞에서 긴장된 얼굴로 서 있는 형태 머리를 쓰다듬어 주며 형태의 말투대로 응원을 했다.

"형제, 행운을 빌어."

"설마, 날 죽이진 않겠지?"

울상을 지으며 형태가 집으로 들어갔다. 갑자기 맑은 아저씨가 생각났다. 시원이가 집으로 들어갔다는 소식을 전해 줘야 할 것 같았다. 옥탑방 불이 꺼져 있었다. 아저씨가 올 때까지 기다리기로 했다.

시원이한테서 문자가 왔다.

오늘 같이 걸어 줘서 고맙다! 내일 보자!

곧장 답장을 보내 주었다.

네 용기에 놀랐다. 오늘 좀 멋졌어. 이 누나도 응원하마! 쫄지 마!

그 말은 나한테 하는 말이기도 했다. 내 마음을 움직이는 걸 만나면 나도 쫄지 말아야지. 선선한 바람이 불어왔다. 평상에 누워 있기 딱 좋은 날씨였다. 밤하늘을 정말 오랜만에 올려다보는 것 같았다. 아름답다기보다는 칙칙했다. 그때였다.

"소월이네!"

혹시나 했던 바람, 맑은 아저씨였다. 나는 벌떡 일어나서 자세를 고쳐 앉았다.

"시원이 들어갔어요. 그거 말해 주려고요."

"아! 다행이다. 네가 고생 많았다."

아저씨가 맑은 미소를 지으며 나를 쳐다보았다. 은은한 조명 아래서 보니 아저씨가 더 잘생겨 보였다.

"힘들지?"

모든 긴장이 다 풀려 버리는 다정한 말투였다.

"그냥요. 이래저래 복잡해요."

평상에 걸터앉아 다리를 앞뒤로 흔드는 맑은 아저씨의 모습이 무척 귀여워 보였다. 아저씨는 고개를 끄덕이며 말했다.

"그렇지. 그 나이 때는 이래저래 복잡할 수밖에 없지. 근데 나는 왜 그러냐."

눈이 휘둥그레져서 아저씨를 쳐다보았다.

"아저씨는 어른이잖아요. 어른도 복잡해요?"

맑은 아저씨가 겸연쩍은 얼굴로 말했다.

"그러게 말이야. 하루는 용기가 나고 힘이 불끈 솟았다, 하루는 두려워서 꼼짝을 못하겠고 그래."

아저씨도 나와 같은 생각을 한다는 게 놀라웠다.

"그냥 전공대로 하면 아저씬 이런 고민 안 해도 되잖아요. 아저씨는 배우가 꼭 돼야 해요?"

한참을 생각하던 아저씨가 말했다.

"음, 그게. 생각해 보면 어릴 때부터 나는 배우가 되고 싶었던 것 같아. 내가 전에 사람들이 웃을까 봐 말을 못했다고 했는데, 곰곰이 생각해 보니까 내가 나를 못 믿었던 것 같아. 사람들은 그다음이겠지. 그런 일은 특별한 사람들만 하는 거라고 스스로 막았어. 근데 시간이 지날수록 이 일을 생각하면 가슴이 막 뛰어. 딴 거 필요 없고, 그게 좋아."

내 가슴이 뛰는 일은 뭘까 곰곰이 생각해 보았다. 딱히 생각나는 게 없었다. 그때 평상 구석에 둔 빵이 보였다.

"아, 저 빵 아저씨 드세요! 아까 낮에 산 빵이에요. 그리고, 꼭, 할 말이 있는데요……."

맑은 아저씨가 나를 그윽하게(내 느낌은 분명, 그랬다.) 내려다보았다.

"내가 스무 살이 되면 그때는 아저씨가 나를 여자로 봐 줄까요? 지금 고백하는 건 아니에요. 지금은 여러모로 쪽팔려서 고백 못해요."

갑자기 맑은 아저씨가 호탕하게 웃기 시작했다. 뭔가 제대로 한 방 맞은 기분이었다.

"미안, 네 말 때문에 웃은 거 아니야. 지금 이거 고백 맞지? 아, 고맙다. 단언하건대, 네가 스무 살이 되면 나 같은 칙칙한 남자는 쳐다보지도 않을걸? 그때도 소월이 같이 예쁜 숙녀가 나를 좋다고 해 주면 나야 고맙지."

도대체 아저씨 말뜻을 해석할 수가 없었다. 내가 스무 살 때 고백을 해도 된다는 건지, 안 된다는 건지.

"오늘 좀 울적했는데 네 덕분에 웃었다. 고맙다."

아저씨의 빛나는 미소 때문에 설레서 잠이 오질 않을 것 같았다. 집으로 내려가려다 퍼즐이 생각났다.

"아, 부엌에 퍼즐 있거든요. 그거 가지고 갈게요."

아저씨가 조심스럽게 이젤을 들고 나왔다.

"이거 흐트러지면 안 되잖아. 내가 들어 줄게. 가자."

생각지도 않게 아저씨가 나를 우리 집까지 바래다주게 되었다. 복도에 이젤을 조심스럽게 내려놓고 아저씨가 손을 흔들었다.

"잘 자라."

잘 자라는 인사 한 마디에 붕 뜨는 기분이었다. 아저씨가 올라간 계단을 오랫동안 보면서 그 인사를 기억하고 또 기억해 보았다.

콧노래를 흥얼거리며 현관문을 열자 아빠가 소중이를 안고 텔레비전을 보고 있었다.

"내 방 문 좀 열어 줘. 그리고 소중이 좀 붙잡고 있어."

갑작스러운 내 명령에 아빠는 신속하게 내 방 문을 열고 소중이를 안고 일어났다. 나는 이젤을 조심스럽게 침대에 올려 두었다. 뒤따라 들어온 아빠가 말했다.

"소월아, 테이프! 아빠가 고쳐 줄게!"

테이프를 내밀자 아빠는 테이프를 비닐봉지에 넣고 바람을 채워 꼼꼼하게 묶었다. 그러고는 테이프가 든 비닐봉지를 냉동실에 넣었다. 고쳐 주겠다고 해서 살짝 기대했는데 아빠 행동에 도저히 신뢰가 가지 않았다.

"테이프를 왜 냉동실에 넣어?"

냉장고 앞에 쭈그려 앉은 아빠가 추억에 잠긴 듯한 얼굴로 말했다.

"그때도 그랬다? 집에 들어오니까 엄마가 테이프가 늘어졌다고 풀이 죽어 있는 거야. 누가 이렇게 하면 된다고 해서 나도 냉동실에 넣고 기다려 봤지. 냉동실에서 테이프를 꺼내서 틀어 보니까 진짜 아무렇지도 않은 거야. 그때 엄마가 얼마나 좋아하던지……"

음식도 아닌 테이프가 냉동실에 들어가서 원래 상태가 된다는 게 도무지 믿기지 않았다. 하지만 엄마가 증인이라니 한 번 믿어 볼 수밖에. 놀라운 것은 아빠와 대화를 하다 보니 엄마에 대해 조금씩 알게 된다는 것이었다. 아빠는 갑자기 과거로 여행을 가기라도 한 것처럼 엄마에 대한 기억들을 떠올렸다.

"언젠가 엄마 학원 끝날 시간 맞춰서 기다리는데 한참을 기다려도 안 나오는 거야. 이상해서 학원으로 올라갔걸랑. 그랬더니 엄마가 혼자 강의실에 앉아서 울고 있는 거야. 깜짝 놀라서 왜 그러냐고 물었더니 노래를 듣다 울었대. 산울림 노래 중에 독백이라는 노래가 있는데 가사가 너무 쓸쓸하더래. 혼자 남는 게 서럽다는 가사가 쓸쓸하다고 했는데 이제는 엄마가 혼자 남아 버렸네……"

말을 다 못 끝내고 아빠는 옷소매로 눈물을 훔쳤다. 소중이는 아빠가 울고 있는 걸 귀신같이 알아채고는 아빠 무릎에 얼굴을 묻었다. 나는 엄마를 안 닮은 것도 확실했다. 나에게는 그런 감수성이 없으니까.

"난 들어가서 쉴게."

어떻게 한 번도 본 적 없는 엄마가 그리울 수 있을까? 카세트를 봐도 엄마가 그립고 엄마가 즐겨듣던 노래를 들어도 엄마가 그립다. 엄마 생각을 하다가 나의 유일한 두 친구가 떠올랐다.

'시원이는 잘하고 있나? 형태는?'

고개가 절로 흔들어졌다. 퍼즐에 눈이 갔다. 벽도 없는 빈 공간에 덩그러니 가구들이 놓여 있는 풍경이 쓸쓸해 보였다. 푸른 벽을 얼른 채워서 방이라는 공간을 완성시켜 줘야 할 것 같았다. 푸른 색깔의 퍼즐을 찾아서 하나씩 맞추었다. 족히 세 시간은 지난 것 같았다. 눈알이 빠질 것처럼 피로가 몰려왔다. 목 운동을 하고 있는데 노크 소리가 들렸다.

"소월아, 아빠 좀 들어갈게."

아빠는 수줍게 웃으며 냉동실에서 꺼낸 테이프를 내밀었다.

"한번 틀어 봐."

밖으로 나가지 않고 아빠는 가만히 서 있었다. 어쩔 수 없이 카세트를 꺼냈다. 카세트를 본 아빠 얼굴에 화색이 돌았다.

"아, 진짜 오랜만이다! 아……."

카세트에 테이프를 넣고 재생 버튼을 눌렀다.

  아아, 나는 살겠소. 태양만 비춘다면 나는 행복의 나라로 갈 테야…….

대공원에서 들었던 노래가 생생하게 흘러나왔다. 노래가 나오자 아빠 얼굴에 그리움이 번지는 것 같았다. 아빠한테 엄마 카세트를 잠깐 빌려 주고 싶은 마음이 들었다. 엄마와 나의 유일한 끈을 다시 이어 준 것에 대한 보상으로.

"오늘은 가져가서 아빠가 들어."

"정말? 정말 그래도 돼?"

아이처럼 좋아하며 아빠는 카세트를 품에 안고 내 방을 나갔다. 그런 아빠를 보며 조금 미안한 마음이 들었다. 그 카세트에 가장 많은 추억을 갖고 있는 사람은 아빠일 테니까.

다시 퍼즐판을 꺼냈다. 이 시간에 나의 친구들은 부모님과 엄청난 전투를 치를 텐데, 의리 없이 잘 수가 없었다.

오늘은, 불협화음?

고개를 들고 목운동을 하는데 어지럼증이 일었다. 시계를 보니 새벽 5시였다. 이렇게 꼬박 날을 샌 것이 얼마만인지. 쉬지 않고 맞췄는데 벽 부분을 절반도 못 맞췄다. 두 녀석들은 아무 연락이 없었다. 걱정스러운 마음에 현관문을 열고 나가 형태네 집 문에 귀를 기울여 보았다. 아무런 기척도 없었다. 지난겨울 아줌마의 반응과 너무나 달라서 오히려 더 걱정되었다.

'설마, 겁나서 또 미룬 거 아니야?'

형태라면 그럴 수 있을 것도 같았다. 다시 방으로 들어와 침대에 누웠다. 잠은 오지 않고 정신이 몽롱했다. 때마침 핸드폰 벨소리가 울렸다. 형태였다.

"엄마 앓아누웠어. 아침 준비 같이 할래?"

"알았어. 일단 내려와."

식당에 내려가자 형태가 쌀을 씻고 있었다. 잠을 못 잤는지 얼굴이 푸석푸석해 보였다. 냉장고를 열자 역시나 어젯밤에 아줌마가 만든 반찬이 차곡차곡 들어 있었다. 밥만 하고 국만 끓이면 될 것 같았다. 할아버지들은 국물이 있어야 식사를 하니까. 한 번도 국을 끓여 본 적이 없어서 막막했지만 된장부터 찾았다.

기지개를 하며 가게에 들어선 아빠가 놀란 듯 물었다.

"아니, 누님은?"

놀란 눈을 하고 아빠가 물었다.

"아줌마 아프대. 반찬은 다 있고 국만 끓이면 돼."

"저런, 소월아, 넌 아빠를 부르지. 너희는 앉아 있어."

냉장고에서 야채 몇 가지를 꺼낸 아빠는 익숙한 듯 된장국을 끓였다. 아침 식사는 아빠한테 맡기면 될 것 같았다. 나는 형태를 구석으로 끌고 갔다.

"어떻게 됐어?"

초췌한 얼굴로 형태가 말문을 열었다.

"엄마가 요즘 듣는 강의가 날 도왔어. 엄마가 작년과 다르게 내 얘기를 끝까지 들었다니까!"

"그래서, 어떻게 하래?"

깊은 한숨을 뱉으며 형태가 고개를 내저었다.

"그걸 모르겠어. 엄마가 자꾸 가슴을 치면서 울기만 해. 차라리 작년처럼 소리라도 지르고 날 때렸으면 좋겠다. 더 미안해 죽겠어."

아줌마가 이해가 안 되는 건 아니었다. 하나밖에 없는 아들한테 기대를 거는 건 당연하니까.

"시원이는 어떻게 됐는지 모르겠네."

걱정스러운 얼굴로 형태가 중얼거렸다.

"아줌마나 걱정해. 너 이렇게 아줌마 속 썩여 놓고 제대로 안 하기만 해 봐. 그럼 내가 가만 안 둬!"

분주하게 음식을 만들던 아빠가 손짓을 했다.

"형태야, 이거 얼른 엄마 갖다 드려."

형태가 내 등을 밀며 말했다.

"나 가면 엄마 한 숟갈도 못 먹어. 네가 가."

가기 싫은 마음이 굴뚝같았지만 어쩔 수 없이 쟁반을 들고 2층으로 올라갔다. 아줌마가 나오기 힘들 것 같아서 비밀번호를 누르고 들어갔다. 아줌마는 안방에 누워 있었다. 친구를 잘못 둔 덕분에 별의별 일을 다 하는 것 같았다.

"아줌마……."

힘겹게 고개를 돌린 아줌마는 다시 베개에 얼굴을 묻었다.

"아빠가 죽 끓였어요. 이따 꼭, 드세요."

방을 나오려는데 아줌마가 나를 불렀다.

"소월. 이리 좀 와 봐."

올 게 온 것 같았다. 이래서 안 올라오려고 했는데. 나는 고개를 푹 숙이고 아줌마 앞에 앉았다. 아줌마가 물었다.

"알고 있었지? 왜 아줌마한테 말 안 해 줬어. 우리가 같이 산 세월이 얼만데, 아줌마한테 미리 말해 줬으면 형태를 말릴 수 있었잖아. 어떻게 너도 똑같이 그럴 수 있어!"

나를 원망하는 듯한 말투에 나도 모르게 화가 났다.

"저도 처음에는 말렸어요. 근데 형태가 미용실에서 하루에 세 시간씩 손님들 머리 감기고 청소하면서도 행복하다고 말하는데 어떻게 말려요? 미용실 얘기만 하면 행복해하는데 어떻게 말려요?"

멍하니 나를 쳐다보던 아줌마가 체념한 듯 눈물을 글썽였다.

"부모 맘은 그게 아니야. 내 자식이 좀 더 대우받고, 좀 더 편안하게, 행복하게 살기를 바라지. 니들은 세상을 몰라. 세상은 절대 호락호락하지 않아."

아줌마가 말하는 '행복'이 누구의 행복인지 문득 궁금해졌다. 어쩌면 아줌마 말이 맞을지도 모른다. 나는 아직 세상을 모른다. 하지만 시원이 아줌마도, 형태 아줌마도 애들의 생각에는 귀를 기울이지 않는다. 다들, 자기들의 욕심으로 애들을 조종하려고만 하는 것 같아 화가 났다.

식당에 내려가자 맑은 아저씨도 내려와 있었다. 할아버지가 나를 보고 물었다.

"형태 엄마 괜찮어? 건강하던 사람이 뭔 일이여."

할아버지가 형태에게 말했다.

"밥 먹고 엄마 모시고 병원에 가 봐."

아줌마가 없어서 그런지 식탁이 고요하기까지 했다. 맑은 아저씨는 식사를 하자마자 곧장 올라갔다. 식사를 마치고 아빠는 커피를 끓였다. 화방 할아버지가 커피를 받으며 아빠한테 물었다.

"자네, 새 일 찾았다며? 축하하네."

머리를 긁적이며 아빠가 고개를 끄덕였다.

"다, 소월이 덕분이걸랑요. 어르신, 저 열심히 살게요. 지켜봐 주세요."

할아버지는 그런 아빠를 흐뭇한 얼굴로 바라보았다. 할아버지의 얼굴을 보면서 나는 또 걱정스러웠다. 아빠가 또 할아버지를 실망시키고 어디로 사라지지나 않을까. 아빠가 가장 역할을 하는 것까지는 바라지 않는다. 다만, 할아버지가 걱정하지 않게 새로 찾은 일을 꾸준히 했으면 하는 바람뿐이었다.

학교 가는 길에 시원이한테서 문자가 왔다.

걱정했지? 오늘 저녁 때 갈게. 그때 보자.

문자가 온 것만으로도 안심이 됐다.

'어떤 결론이 났을까…….'

문득, 신도림역에서 바이올린을 켜던 시원이가 떠올랐다. 그 생각을 하자 미소가 지어졌다. 그동안 봐 왔던 모습 중에 가장 용감했고, 가장 열정적인 모습이었기에.

학교가 끝나고 빵집에 들렀다. 가게에 들어가자 담백한 빵 냄새가 풍겼다. 갓 구운 빵이 오븐에서 막 꺼내지고 있었다. 동그란 올리브 빵이 일정한 크기로 부풀어 오른 모습을 볼 때면 절로 기분이 좋아졌다. 줄을 서서 계산을 끝내고 빵이 담긴 봉지를 받는데 매니저 언니가 또 종이를 건넸다.

"저희 빵집 3주년 기념 감사 행사로 베이커리 클래스 열어요. 관심 있으면 한번 읽어 보세요."

지난번에도 줬는데 잊은 모양이었다. 일주일에 한 번씩, 삼 개월 안에 쿠키와 케이크를 만들 수 있는 스페셜 과정이었다.

"빵 냄새는 실컷 맡겠네."

종이를 들여다보며 구시렁거리고 있는데 핸드폰 벨소리가 울렸다. 아빠였다. 아빠라고 뜬 화면을 보자 나도 모르게 겁이 났다. 또, 무슨 사고를 친 게 아닌가. 아무래도 우리 부녀는 제대로 바뀐 것 같았다. 이런 생각은 아빠가 하는 게 맞을 텐데. 전화를 받자 한껏 상기된 아빠 목소리가 들렸다.

"소월아, 학교 끝났지? 혹시 지금 구둣방으로 올 수 있어?"

"왜?"

아빠가 머뭇거리며 말했다.

"그게, 일단 와 보면 안 될까?"

뭔가 찜찜했지만 일단 구둣방으로 갔다. 구둣방 앞에 웬 카메라를 든 사람들이 보였다. 이건 또 뭔가 싶었다. 아빠가 나를 보며 뛰어 왔다. 카메라가 나를 비추자 나는 얼른 등을 돌렸다.

"뭐하는 거야?"

쩔쩔매는 얼굴로 아빠가 말했다.

"그게 말이야, 대국민 오디션 '도전, 슈퍼스타' 알지? 아빠가 거기 오디션을 봤는데 아빠 사연 찍고 싶다고 왔어……."

뒷목이 당긴다는 표현을 이럴 때 쓰는 거였나 보다. 요 며칠 조용하다 싶더니 역시 아빠다웠다. 카메라를 보고 좋아할 나이가 한참 지났다는 걸 어떻게 이렇게 모를 수 있는지 아빠한테 화가 났다.

"제발, 좀 평범하게 살 수 없어?"

아빠가 사정하듯 내 손을 잡고 말했다.

"소월아, 아빠가 너한테 선물을 하고 싶어서 나간 거야. 절대, 딴짓 하려고 그런 거 아니야."

아빠 손을 뿌리치며 나는 소리를 질렀다.

"진짜 지긋지긋해! 도대체 언제쯤 아빠는 아빠다워질 거야? 창피해 죽겠어!"

아빠를 남겨 둔 채 그대로 달렸다. 어쩌면, 나를 몰라도 이렇게 모를 수 있을까? 오디션 프로그램에 나가는 게 선물이라니. 내가 그런 걸 좋아할 거라고 생각을 했다는 것도 이해가 되질 않았다. 도대체 어디까지 아빠를 용납해 줘야 하는지……. 내 분에 못 이겨 길에서 소리를 내질렀다. 아빠한테 남들처럼 살아 달라는 기대 같은 건 하지도 않았다. 그저, 할아버지와 나한테 짐만 되지 않게 살아 가라고 하는 것뿐인데, 아빠는 왜 그것조차도 하지 못할까. 왜 나는 저런 아빠를 갖게 됐을까. 세상은 줄곧 나한테만 불공평한 게 확실했다.

터벅터벅 집으로 올라가는데 아줌마가 보였다. 오늘도 장사를 한 모양이었다. 아빠한테는 절대 찾을 수 없는 아줌마의 책임감. 나는 그 책임감을 가진 엄마와 사는 형태가 진심으로 부러웠다. 나를 보고 아줌마가 들어오라는 손짓을 했다.

"괜찮으세요?"

힘없는 얼굴로 아줌마가 고개를 끄덕이며 물었다.

"밥은, 먹었어?"

"빵 먹었어요. 아줌마도 드실래요?"

아줌마가 고개를 내저었다.

"소월, 형태 정말 마음 굳힌 것 같아?"

나는 말없이 고개를 끄덕였다. 아줌마는 두 손으로 얼굴을 가리며 한숨을 깊이 내쉬었다.

"아…… 창피해…….."

분명, 아줌마가 창피하다고 한 것 같았다. 아줌마가 눈물을 훔치며 말했다.

"그래, 지 인생이지. 나도 내 인생 살 거야. 한 푼도 안 보태 줄 거야. 어디 한번 지 멋대로 해 보라고 해."

내가 일어서려 하자 아줌마가 몸을 부르르 떨며 외쳤다.

"꼭, 저 같은 아들 낳아서 길러 보라고 해! 형태한테 꼭 그렇게 전해! 저 같은 아들 낳으라고!"

아줌마 말처럼 아빠가 아빠 같은 사고뭉치 자식이 있어야 정신을 차리는 걸까. 아빠를 정신 차리게 하기 위해서 내가 망가져야 하나 싶기도 했다. 하지만 내가 그런 행동을 한다고 해도 아빠는 절대 바뀌지 않을 것 같았다. 그동안의 일들이 그것을 증명해 주니까.

집에 들어가자 소중이가 반갑게 나를 맞았다. 아빠의 분신, 소중이를 보자 또다시 분노가 끓어올랐다. 소중이를 본체만체 하고 내 방으로 들어갔다. 아빠를 닮아 눈치 없는 소중이는 쪼르르 내 방으로 따라 들어왔다. 바닥에 가방과 빵 봉지를 던져 두고 침대에 누웠다. 머리가 깨질 것 같았다. 소중이는 얌전히 방문 앞에 앉아서 나를 지켜보았다. 그 모습이 어쩐지 짠해서 벌떡 일어났다.

"너네 아빠는 왜 이렇게 사고만 치냐? 응?"

마치 다 이해한다는 듯, 소중이가 앞다리로 내 다리를 톡톡

190

두드려 주었다. 때마침 전화벨이 울렸다. 아빠일까 봐 안 받았는데 계속 벨이 울렸다. 시원이였다.

"어디야? 옥상으로 올라 와."

주변에서 나를 잠시도 가만두지 않는 것 같았다.

"왜, 또 집 나왔냐? 몰라. 니들이 내려와. 기운 없어."

옥상까지 올라갈 힘이 없었다. 조금 있으니까 형태와 시원이가 비밀번호를 누르고 들어왔다. 형태는 소중이를 보자마자 호들갑스럽게 두 팔을 벌렸다.

"오, 소중아!"

형태 뒤를 이어 시원이가 절룩거리며 들어왔다.

"뭐야, 또?"

대수롭지 않다는 듯 시원이가 대답했다.

"별거 아냐. 그냥 열 발 꿰맸어. 엄마가 목검을 들고 기다리고 있더라고. 이번에는 대화를 하고 싶어서 목검을 잡았거든. 엄마도 질 수 없다고 목검 들고 실랑이 하다 베란다 창이 깨졌어. 그 바람에 이렇게 됐어. 걱정 마. 어젯밤에 응급실도 다녀왔고 이제 괜찮아."

생각만 해도 끔찍했다. 열 발 꿰맸으면 피도 엄청 흘렀을 텐데. 그 생각을 하자 온몸에 소름이 돋았다.

"자, 궁금해 죽겠어! 이제 소월이까지 다 모였잖아."

시원이는 형태의 재촉에도 여유롭게 내 방에서 퍼즐을 가지고 나왔다.

"어차피 곧 저녁 먹을 시간이잖아. 저녁 먹고 얘기하자."

"치, 비싸게 굴기는!"

퍼즐을 보고 형태도 달려들었다.

"오! 많이 맞췄네! 나도 같이 하자!"

셋이서 맞추니까 한결 수월했다. 저녁을 먹으라는 종이 울렸다. 할아버지와 아빠가 보이지 않았다. 할아버지한테 전화를 걸었다.

"소월아, 느이 아빠랑 술 한잔 하고 갈겨. 먼저 먹어."

할아버지 목소리에서 쓸쓸함이 느껴졌다. 내가 아빠한테 화내는 걸 본 모양이었다. 아빠가 오기 전까지 할아버지를 속상하게 하는 일이 없었는데, 이게 다 아빠 때문이다. 할아버지를 웃게만 해 주고 싶었는데 아빠 때문에 망했다. 다 망했다.

아줌마는 여전히 얼굴에 핏기가 없어 보였다. 화방 할아버지가 그런 아줌마를 보며 걱정스러운 듯 물었다.

"형태 엄마 괜찮아? 몸살이 심하게 온 모양이네."

아줌마가 가라앉은 목소리로 말했다.

"무자식 상팔자라더니 그 말이 딱 맞아요. 아저씨가 부러워요. 자식 때문에 속 썩을 일도 없으시고."

할아버지가 형태를 장난스럽게 노려보며 웃었다.

"이 녀석! 또 엄마 마음 아프게 했구나! 혼나야겠네!"

아줌마는 밥을 얼마 먹지도 않고 식탁에서 일어섰다. 화방 할아버지가 몸을 숙이고 낮게 말했다.

"당분간은 나 죽었소, 하고 있어. 너 하나만 보고 산 엄만데 얼마나 허무하겠어. 엄마도 시간이 필요한 거야. 알았지?"

고개를 푹 숙이고 앉아서 형태가 고개를 끄덕였다. 할아버지는 그런 형태를 툭 치며 윙크를 했다.

"근데, 말이다. 나 좋아하는 일을 해야지 평생 할 수 있어. 기왕 선택했으면 열심히 해."

장난스러운 표정을 지으며 할아버지가 일어났다. 화방 할아버지는 우리 할아버지에게 없는 유머가 있어서 좋았다. 아줌마 눈치를 보며 우리 셋은 조용히 일어나서 다시 집으로 올라왔다.

소중이는 우리가 다시 들어와서 반가운지 방방 뛰면서 짖어댔다. 형태가 시원이 팔을 붙잡고 물었다.

"밥도 먹었으니까 이제 말해 봐. 궁금해 죽겠다."

퍼즐을 다시 가져 온 시원이는 퍼즐 조각을 들고 자리를 찾으며 고개를 끄덕였다.

"학교도, 바이올린도 다 그만두고 싶었거든. 바이올린이랑 처음으로 사흘 동안 떨어져 있었어. 근데 어깨가 허전하더라. 아무것도 없이 삼 일을 지내니까 어깨인지, 마음인지, 이상하게 허전했어."

눈으로는 퍼즐 조각의 자리를 찾으면서 시원이가 말을 이었다.

"신도림역에서 바이올린을 연주할 때 정말 짜릿했어. 아직 그게 뭔지 잘은 모르겠는데 아무도 관심가지지 않아도 괜찮았어. 미끄럼틀 아래에서 연주할 때 알았어. 내가 사실은 바이올린을 아주 많이 좋아한다는 걸. 바이올린과 절대 못 헤어지겠다는 것. 니들 덕분이야. 니들 없었으면 그런 용기도 안 생겼을 거야."

형태가 시원이를 툭 치며 말했다.

"에이, 원래대로 돌아갔네! 가출씩이나 해놓고!"

"하나 건진 거 있어. 가출씩이나 해서 말이다."

퍼즐을 맞추면서 시원이가 계속 말을 이었다.

"나, 유학 가래."

퍼즐을 맞추던 형태가 고개를 쳐들었다. 나도 놀라긴 마찬가지였다. 그런 우리를 보고 시원이가 멋쩍은 웃음을 지었다.

"엄마가 자퇴하래. 내가 가출한 거 다 알려져서 창피한가 봐. 누나 있는 독일로 가래. 처음엔 가기 싫었는데 가기로 결정했어. 레슨에, 내신 학원까지 숨을 못 쉬겠어. 독일엔 학원이 없잖아. 그리고 엄마랑 떨어져 있을 수 있고. 나도 숨을 쉬고 싶어. 엄마를 벗어나서."

너무 갑작스러운 얘기라서 어떤 말도 할 수 없었다. 그냥, 혼자 있고 싶었다.

"가라. 나 피곤해."

내 방으로 들어와 침대에 누웠다. 시원이가 다시 바이올린을 하기로 한 것도, 엄마를 떠나서 숨을 쉴 수 있는 것도 축하할 일이다. 그런데 한편으로는 모든 게 잘된 시원이에게 질투가 났다. 기댈 부모가 있는 시원이나 형태가 그저 부럽기만 했다. 할아버지가 아무리 날 예뻐해 주고 잘해 줘도 엄마 아빠의 자리는 대신할 수 없다. 아빠를 절대 보지 않겠다고 하면서도 내가 얼마나 아빠를 기다렸는데……. 할아버지의 사랑으로 채워지지 않는 엄마 아빠의 빈자리가 오늘따라 더 크게 느껴졌다.

시원이도 형태도, 자기의 자리를 찾아 움직이는데 나만 점점 수렁으로 빠지는 기분이었다. 답답한 마음에 빵 봉지에서 빵을 꺼냈다. 빵을 따라 나온 전단지가 바닥으로 툭 떨어졌다.

☆ 3주년 기념 감사 베이커리 클래스 ☆

애먼 전단지를 노려보다 구겨서 책상에 던져 버렸다.

12

아주 멀리 새처럼 날아가고 싶어

"무슨 날씨가 이제 봄이 없냐. 아휴, 몇 발짝 달렸다고 땀이 다 나네. 벌써 이렇게 더우면 한여름엔 어떻게 사냐."

엘리베이터를 기다리며 아줌마가 손부채질을 했다.

"엄마가 미용실만 안 다녀왔어도 우리까지 달릴 필요 없잖아. 무슨 결혼식 가는 것도 아니고, 미용실이야."

부루퉁한 얼굴로 형태가 툴툴거렸다. 아줌마는 화를 가라앉 히려는 듯 형태를 조용히 노려보며 심호흡을 했다. 밖에서, 그것 도 소통 강의를 앞두고 형태를 혼낼 수는 없으니까. 드디어 엘리 베이터가 도착했다. 아줌마가 우리를 보며 신신당부를 했다.

"시원이 독일 가기 전에 좋은 추억이다 생각해. 이 강연 당첨 되기 하늘의 별 따기야. 알지? 니들, 졸지 마. 하나도 흘려 버리지 말고 잘 들어. 알겠지? 응?"

대충 고개를 끄덕이고 강연장으로 들어갔다. 엄청나게 큰 강당을 생각했는데 백 명 정도 들어가는 아기자기한 공간이었다. 촉박하게 도착해서 그런지 대부분 입장을 마친 상태였다. 입구에서 당첨 문자를 보여 주고 입장했다. 맨 앞줄밖에 자리가 남아 있지 않았다. 우리 셋 얼굴이 동시에 일그러졌다. 먼저 달려가 자리를 잡은 아줌마가 해맑게 웃으며 손짓을 했다.

"엄마 기분 맞춰 주려고 오긴 왔는데 진짜 싫다."

형태가 인상을 찌푸리며 아줌마 옆으로 갔다. 조금 있으니까 강연자가 입장했다. 아줌마는 열렬한 박수로 강사를 맞았다. 강연이 시작됐다.

"오늘은 질문으로 시작하고 싶습니다. 당신은 살아 있습니까? 언젠가 영화를 보러 갔다가 이 질문이 딱 등장하는데 숨이 턱 막혔습니다. 여러분은 저 사람은 살아 있어, 라고 말할 때 어떤 기준으로 평가를 하시나요? 사람마다 다르겠지만, 저는 꿈이 아닐까 싶습니다. 여러분은 살아 있습니까?"

뜬금없는 질문에 머릿속이 하얘졌다.

'나는 살아 있는 것일까…….'

강연은 생각보다 재미있었다. 강사는 자신의 아픈 사춘기 시절을 유머러스하게 들려주었다. 무엇보다 내가 늘 질투를 느끼는, 완벽한 가정에서 자란 사람이 아니라는 사실이 큰 위로가 되었다. 우리 아빠처럼 강사의 아버지도 문제투성이였다는 사실에 나도 모르게 마음이 열렸다.

"여러분, 밤하늘의 별을 언제 봤는지 기억이 나십니까? 하늘에 구름이 흘러가는 모습을 언제 보셨습니까? 여유 있는 삶은 큰돈을 들이거나 많은 시간을 들이지 않아도 됩니다. 출근하는 길에, 학교 가는 길에 잠깐 하늘 한 번 보십시오. 퇴근하는 길에, 지는 노을을 한 번 보십시오. 하루가 다르게 빠름을 강요하는 이 시대에, 저는 거꾸로 사색을 권합니다. 벌써 여름이 오고 있습니다. 봄 하늘과 여름 하늘의 차이도 한 번 느껴 보시고 모든 만물의 살아 있음을 온몸으로 만나 보시길 바랍니다."

강연이 끝나자 질문을 적어서 앞으로 내라고 했다. 손들고 질문 하라고 하면 안 하기 때문이라고 했다. 아줌마는 진지한 태도로 질문을 적었다. 우리도 나눠 준 종이에 각자 무언가를 적었다. 쉬는 시간이 끝나고 질의응답 시간이 되었다. 강사는 질문이 든 통에서 하나를 뽑아 질문을 읽어 주었다.

"자식 뒷바라지가 내 인생의 모든 것이었는데 중요한 시점에서 그림 전공과 전혀 다른 길을 가겠대요. 제 인생이 송두리째 사라지는 기분이에요. 밀어 줘야지 하다가도 순간순간 화가 치밀어 오르면 미쳐 버릴 것 같아요. 이럴 때 저는 어떻게 해야 하나요?"

누가 봐도 아줌마의 질문이었다. 형태는 빨개진 얼굴을 숨기려고 고개를 푹 숙였다. 질문을 읽은 강사가 고개를 끄덕이고 말했다.

"이런 경우, 스스로 질문을 던져 보셔야 합니다. 이 꿈이 누구의 꿈이었는가? 엄마의 꿈인지, 자녀의 꿈인지. 부모님들이 하는 가장 많은 실수가 자녀에게 자신의 꿈을 강요한다는 것입니다. 부모의 역할은 자녀가 자신만의 인생을 만들어 갈 수 있게 도와주는 역할을 하는 것으로 충분합니다. 이 질문을 하신 분께 이런 말씀을 드리고 싶습니다. 스스로 다른 길을 찾아간 자녀에게 박수를 쳐 주시라고요. 그리고 자식 뒷바라지를 통해 자신을 찾지 마시고 스스로의 이야기를 찾으십시오. 내 나이가 얼만데, 라는 말은 하지 마십시오. 무엇을 시작하기에 너무 늦은 나이는 없습니다. 지금이 가장 좋은 때입니다."

아줌마는 과도하게 고개를 끄덕이며 경청했다. 이번에는 강사가 다른 질문지를 뽑았다.

"이번 질문은 꿈을 찾고 싶은데 뭘 해야 할지도 모르겠고, 못 이룰까 봐 두렵다는 질문입니다. 이런 경우는 희망적입니다."

내가 쓴 질문이 읽히자 나도 모르게 얼굴이 화끈거렸다.

"혹시 우물을 파 보신 적이 있습니까? 저는 아프리카에 봉사 활동을 가서 우물을 파 본 적이 있습니다. 도무지 어디까지 파야 물이 나올지 알 수가 없더라고요. 너무 지쳐서 제가 감독하시는 분께 물었습니다. 언제까지 파야 하냐고요. 그분은 아주 간단하게 대답했습니다. 물을 만날 때까지 파는 거라고. 어떤 경우는 1센티미터를 안 파서 물을 못 만날 수도 있다고. 꿈도 그런 것 같습니다. 포기하지 않으면 언젠가는 이루게 돼 있는 것 같습니다. 그것이 무엇이 되었든, 오늘부터 차근차근 만나러 가 보십시오. 대단한 것이 아니어도 상관없습니다. 우리가 잘못된 교육을 받아서 근사한 직업만이 꿈이라고 생각할 수 있는데 그렇지 않습니다. 오늘부터 하고 싶었던 것들을 한 가지씩 시도해 보십시오. 이런 경우, 좋아하는 게 아무것도 없다는 내면의 말에 속으면 안 됩니다. 좋아하는 것을 만날 때까지 무엇이든 시도해 보십시오. 무엇보다, 스스로의 응원이 필요합니다. 우리는 남들에게는 박수를 많이 쳐 주지만 자기 자신에게 박수 치는 일에는 인색합니다. 넌 할 수 있다고 한 번 박수를 쳐 주십시오. 발자크는 사람의 얼굴은 하나의 풍경이요, 한 권의 책이라고 했습니다. 여러분은 지금, 어떤 이야기를 만들어 가고 있습니까? 한 가지, 국어 시간에 배웠듯 이야기에는 늘 갈등이 있기 마련입니다. 음악에서도 불협화음이 있습니다. 공연 중에 연주자들이 불협화음이 난다고 연주를 멈춥니까? 그렇지 않습니다. 그래도 연주는 계속되어야 합니다. 살다 보면 불협화음을 만날 때도 있고, 아름다운 하모니를 만날 때도 있습니다. 그 모든 것은 또 지나가기 마련입니다. 우리가 해야 할 일은 그래도 계속 가야 한다는 것입니다. 계속 걸으면서 여러분의 자리를 찾으십시오. 좋아 보이는 자리 말고, 내가 있어야 할 자리를 찾으십시오. 그럴 때 아주 가끔, 한 모금의 행복을 맛볼 것입니다. 이 자리에 계신 모든 분들이 자신의 자리를 찾으시길 바라며 강의를 마치겠습니다."

강사의 말을 듣는 내내 심장이 쿵쾅거렸다. 내가 있어야 할 자리는 어디일까, 기분 좋은 설렘이 일었다.

강연장을 나오는 아줌마 얼굴에 생기가 넘쳤다.

"니들 잘 들었지? 형태, 나도 이제 내 꿈 찾을 거야. 내가 왜 그 긴 세월 사고뭉치 아들만 보고 살았나 몰라."

아줌마 말이 먼 훗날 내 말이 되지 않기를 바랐다. 누구도 아줌마한테 형태 하나만을 위해서 살라고 강요하지 않았다. 가장 중요한 형태마저도.

금세 울적한 표정으로 바뀐 아줌마가 시원이 손에 봉투를 쥐어줬다.

"시원, 내일 조심히 가고 항상 끼니 놓치지 말고 잘 챙겨 먹어. 얼마 안 되지만 용돈 해. 우리 형태도 유학 보낼 자금 다 준비해 뒀는데, 아휴 속상해."

"에이, 무슨 각오가 이렇게 빨리 사라져? 엄마, 시원이 유학 가서 배 아픈 거 아니지?"

형태의 말에 아줌마가 형태를 흘겨보았다. 형태는 그런 아줌마를 다독이며 말했다.

"걱정 마. 헤어디자이너들도 유학 가. 난 패션의 중심, 파리로

201

갈 거야. 엄마 돈 많이 준비해야 할걸?"

허풍을 떠는 형태에게 아줌마가 꿀밤을 주었다. 마침, 택시가 왔다. 형태는 얼른 택시를 잡아서 아줌마를 태웠다.

택시에 올라 탄 아줌마가 아쉬운 듯 창문을 열고 외쳤다.

"시원, 기왕 가기로 한 거니까 열심히 해. 응? 훌륭한 연주자가 돼서 돌아와라. 응? 건강 조심하고 알았지?"

아줌마는 끝내 눈물을 보였다. 형태의 성화에 아줌마가 탄 택시가 출발했다.

"아, 우리 엄마 참! 어디로 갈까? 형제, 가고 싶은데 말해. 어디든지."

"어디긴! 항상 가는 데지."

결국, 우리는 동네에서 송별회를 하기로 했다.

자주 가는 와플 가게에서 마주 보고 앉았다. 와플이 나왔는데도 누구도 손을 대지 않았다. 시원이가 말했다.

"나 왕따 시키지 마. 그룹 채팅 초대하면 즉각 즉각 응답하고. 알았지?"

와플을 자르며 내가 한마디 했다.

"너 하는 거 봐서. 유학 갔다고 잘난 체하면 바로 끝이야!"

내 말에 시원이가 웃음을 보였다.

형태가 시원이 머리를 쓰다듬으며 말했다.

"아냐? 넌 바이올린 켤 때가 제일 멋있어. 앞으로 너 연주할 때 헤어 손질은 나한테 맡겨라. 아, 음악가들 헤어스타일이 너무 진부해. 내가 아주 화려하게 해 줄게. 헤헤."

아무 말도 할 수 없었다. 괜히 눈물이 날 것 같았다. 유학 가는 걸 알면서도 심통 부리느라 잘해 주지 못한 게 마음에 걸렸다. 시원이가 가방을 뒤적이더니 작은 상자를 꺼냈다. 작은 상자를 열자 은반지 세 개가 나란히 꽂혀 있었다.

"우정 반지야. 우리 삼총사 우정을 기념하기 위해서."

빨개진 눈으로 형태가 반지를 들어 올렸다.

"이 자식. 진짜 눈물 나게. 사이즈 맞는 거지? 이 상황에서 사이즈 안 맞으면 완전 웃기다."

반지를 깨물어 보던 형태가 함박 미소를 지었다.

"게다가 백금이네! 역시, 우리의 산타 시원이! 소중히 잘 간직하마. 소월아 너도 얼른 끼워 봐."

호들갑스럽게 형태가 내 손에 반지를 끼워 주었다. 검지에 끼우고 싶었는데 하필 약지에 꼭 맞았다. 시원이도 반지를 끼고 미소를 지었다.

"내 선물은 정성 가득이다. 놀라지 마라."

형태가 내민 선물은 우리 세 사람의 얼굴을 그린 캐리커처였다. 그동안 비싼 레슨 받더니 그림 실력이 많이 는 것 같았다. 그림 아래에는 '피어라, 상수동 삼총사'라고 적혀 있었다.

"이 형님이 널 생각하며 심혈을 기울여 만든 작품이다. 우리 엄마한테도 이런 선물 안 해 봤어. 진짜 감동이지 않냐?"

시원이는 그림을 쳐다보며 연신 고개를 끄덕였다. 이번에는 내 차례였다.

"최고급 송진이다. 이거 다 쓸 때까지 돌아올 생각도 마. 죽어라고 연습해."

혀를 끌끌 차며 형태가 끼어들었다.

"역시, 선물도 독해. 와, 시원이 넌 죽었다. 그 큰 덩어리를 언제 다 쓰냐? 활 닦을 때마다 독한 소월이가 생각나겠다. 으으."

우리가 준 선물을 두 손에 들고 시원이는 고개를 숙였다. 형태는 그런 시원이 어깨를 치며 말했다.

"자식, 감동은 여기까지. 우리 또 만날 건데. 우리 진짜 멋진 모습으로 만나자."

눈가가 촉촉해진 시원이가 말했다.

"고맙다. 그냥, 지금은 엄마를 벗어나는 것만으로 좋아. 너희들한테 부끄럽지 않은 친구가 되어 돌아올게."

조금 더 있으면 진짜 눈물을 보일 것 같았다.

"그만 일어나자. 부모님 기다리시잖아."

아쉬운 표정을 지으며 형태가 시원이를 끌어안았다.

"자식, 씩씩하게 있어. 응?"

나도 팔을 벌려 시원이를 안아 주었다. 친구로서. 시원이가 집으로 가는 모습을 물끄러미 지켜보았다. 시원이도 못내 아쉬운

지 자꾸만 뒤를 돌아보았다. 집으로 오는 길에 형태가 중얼거리

듯 말했다.

"자식, 진짜 가네."

형태 눈가가 촉촉해 있었다.

"우냐? 으이그."

"아니거든!"

아니라고 말하는 형태는 눈물을 들키고 말았다. 일곱 살 때부

터 어디를 가도 우리 셋은 늘 함께 했는데 이제 진짜 홀로서기를

해야 하는 모양이었다.

저녁밥을 먹으면서 아빠가 상기된 얼굴로 말했다.

"저, '도전, 슈퍼스타' 아시죠? 저 오늘 거기 나오는데요."

놀란 얼굴로 형태가 물었다.

"말도 안 돼. 정말요? 대국민 오디션? 아저씨 거기 합격 티셔

츠 받은 거예요? 대단하다!"

손사래를 치며 아빠가 말했다.

"아니, 그냥 오늘 한 번만 나와. 티셔츠는 못 받았어."

아줌마가 호들갑스럽게 말했다.

"그래도 그게 어디야. 우리 다 같이 모여서 봐요! 멋지다! 미

스터 김!"

아빠가 내 눈치를 살피며 말했다.

"소월아, 오늘 아빠 애완견 관리사 등록했어. 다음 달부터 시

작한대."

대충 고개를 끄덕이고 묵묵히 밥만 먹었다. 할아버지 앞에서
아빠한테 화를 낼 수도 없고. 결국, 아빠는 내가 그렇게 싫다고
했는데도 방송 출연을 거절하지 않았다. 밥을 먹는 둥 마는 둥
하고 일어섰다.

"저, 약속 있어서 잠깐 나갔다 와요."

할아버지가 어딜 가냐고 물어볼까 봐 서둘러 나왔다. 딱히 갈
데가 없어서 놀이터로 걸음을 옮겼다.

"소월아!"

뒤를 돌아보니 맑은 아저씨였다.

"어디 가세요?"

아저씨가 환하게 웃으며 말했다.

"응, 지난번에 오디션 본 거 미팅하러 가는 길이야."

"합격한 거예요? 축하해요! 드디어 영화 찍는 거예요?"

맑은 아저씨가 쑥스러운 듯 얼버무리며 말했다.

"아니, 지난번에도 미팅하고 안 됐어. 연락이 오면 찍는 거고,
아님 또 도전!"

나도 모르게 한숨이 나왔다. 그런 나를 보고 아저씨가 말했
다.

"괜찮아. 어차피 처음부터 잘될 거라 기대 안 했어. 미팅 가는
것만도 어디야."

설레는 얼굴로 미팅 장소로 가는 아저씨를 물끄러미 쳐다보았다. 좋아하는 일을 한다는 게 어떤 건지 조금 알 것 같았다.

그네에 앉아서 어둑해지는 놀이터를 물끄러미 둘러보았다.

얼마쯤 있었을까. 가로등이 하나둘 켜졌다. 가로등이 켜지는 모습을 처음 지켜보았다. 누군가 스위치를 누르는 것처럼 하나씩 차근차근 불이 들어왔다. 가로등 아래 앉아서 내 인생을 생각해 보았다. 내가 이 세상과 이별할 즈음, 내 인생은 어떤 책으로 완성이 될까⋯⋯. 과연, 한 권의 책으로 완성이 되긴 할까⋯⋯.

형태한테서 문자가 왔다.

곧 도전, 슈퍼스타 나오는데 안 들어올 거야?

나 늦어.

그 뒤로도 형태는 몇 개의 문자를 더 보냈다. 아무렇지도 않게 사람들과 앉아서 철부지 아빠의 오디션 도전을 볼 수가 없었다.

"여기 있을 줄 알았다."

고개를 들어 보니 시원이였다.

"넌 또 왜? 내일 새벽에 출발한다며."

"가기 전에 한 번 더 보고 싶어서."

시원이가 내 옆에 앉았다. 갑자기 눈물이 흘러내렸다. 시원이가 몇 시간 뒤면 한국을 떠난다는 게 이제야 실감이 났다. 시원이는 아무 말도 하지 않고 가만히 앉아 있었다. 나는 들키지 않게 눈물을 닦았다.

한참 만에 시원이가 일어났다.

"됐다. 네 옆에 이렇게 앉아 있어서 충전됐어. 나 근사한 모습으로 나타날 거야. 너 엄청 설렐걸?"

"얼씨구, 제발!"

돌아서 가던 시원이가 느닷없이 달려오더니 내 입술에 입을 맞췄다. 엄청나게 빠른 속도로 입술을 댔다 뗀 시원이가 활짝 웃으며 뒷걸음질 쳤다.

"어때? 그 느낌 그대로 간직해. 돌아와서 비교해 보자! 간다!"

저만치 달려가서 힘껏 손을 흔드는 시원이에게 손을 흔들어 주었다. 내 입술을 훔친 죄는 벌 받아 마땅하지만 내일이면 떠난다는 사실 때문에 눈감아 주기로 했다. 그보다 약간의 설렘을 인정할 수밖에 없었다. 그 순간, 눈치도 없이 또 배가 아파오기 시작했다. 그제 먹은 변비약이 슬슬 신호를 보내는 것 같았다. 아픈 배를 움켜쥐고 화장실로 들어갔다.

이 고통은 아무리 여러 번 겪어도 내성이 생기지 않는다. 다만, 이 순간은 반드시 지나간다는 사실이 이 고통을 견디게 할 뿐이다. 개운치 않은 배를 쓸며 화장실을 나왔다. 손을 씻다가 무심결에 거울을 보았다. 고집스럽게 입을 꾹 다문 채 거울 밖의 나를 쳐다보는 거울 속의 나. 거울 속 내가 어딘지 모르게 낯설었다. 차가운 물에 볼이 얼얼해질 때까지 세수를 했다. 다시 거울 속 나를 물끄러미 보았다.

'내 자리는 어디일까……'

문득, 거울 속 나에게 다정하게 웃어 주고 싶었다. 마음과 달리 얼굴 근육이 말을 듣지 않았다. 용기를 내서 입 꼬리를 천천히 밀어 올렸다. 내가 웃어 보이자 거울 속 나도 어색한 웃음을 지었다. 이번에는 좀 더 자연스럽게 웃어 주었다. 거울 속 나도 한결 나은 미소를 보였다. 나도 모르게 눈물이 흘렀다. 거울 속 나를 가만히 어루만지자 내 얼굴에 진짜 미소가 번졌다.

'그래, 가 보자.'

열일곱, 소월이에게

열일곱, 그토록 고대하던 독립을 했어. 전교생 열일곱뿐인 중학교를 다니다 고등학교에 갔더니 우리 반만 마흔다섯 명이었어. 처음 입어 보는 교복은 어찌나 낯설던지⋯⋯. 학교 가는 길에 치맛단을 얼마나 자주 내렸는지 몰라. 혼자 자유롭게 사는 날을 꿈꾸었건만 한 달이 지나도록 빈집에 들어갈 때마다 훌쩍거리곤 했어. 음악만큼 좋은 친구는 없었어. 매일 밤, 좋아하는 노래들을 녹음해서 만든 '나의 베스트'를 듣고 또 들었지.

열일곱 봄, 깊은 구덩이를 파고 꿈을 묻었어. 나는, 내 환경은, 아무것도 할 수 없겠다⋯⋯. 괜히 꿈 주위를 서성대다 상처 받지 말자고 나를 달랬어. 막연한 불안이 몰려오는 밤이면 카세트 볼륨을 더 높이 올렸지.

211

스물넷 겨울, '나의 베스트'들이 하나 둘 늘어지기 시작했어. 아무런 열정도 없이 축축 늘어져서 하루하루를 견뎌내던 나처럼. 늘어진 테이프들은 냉동실에 들어갔다 나오면 다시 생생해지곤 했어. 그즈음, 지독한 독감에 걸렸어. 비몽사몽간에 링거를 맞는데 오래전에 묻어 두었던 꿈이 불쑥, 올라왔어. 눈을 감고 외면하면 할수록 더욱 선명하게 다가오는 것 같았어. 더 깊은 구덩이를 파자, 다시는 얼굴을 내밀 수 없는 깊은 구덩이. 깊이, 더 깊이 수렁으로 빠져드는데 문득 그런 물음이 들렸어.

'왜? 왜? 왜?'

링거액이 거의 다 떨어질 즈음, 텅 빈 교실에 앉아 있는 열한 살의 내가 보였어. 처음으로 꿈이 생겨서일까, 열한 살의 나는 샘이 날 정도로 설렘 가득한 얼굴이었어. 열한 살의 내가 스물넷의 나를 물끄러미 바라보며 따듯한 미소를 지어 주었어.

'꼭, 무엇이 되지 않아도 괜찮아······.'

꿈과 함께 걷는 길은 생각처럼 핑크빛이 아니었어. 아니, 핑크빛일 때보다 잿빛일 때가 더 많았던 것 같아. 그럼에도 불구하고 내가 무엇을 그토록 열심히, 즐겁게 해 본 적은 없었어. 가끔, 행복은 뒤늦게 찾아오기도 해. 내 자리를 찾아가며 방황했던 순간들, 그때 미처 깨닫지 못했던 행복이 뒤늦게 찾아오는 때가 있거든.

네 자리를 찾아가는 길은 진짜 네 삶이 시작되는 길이기도

해. 가끔 네 걸음에 흥이 날 때도 있을 거야. 때로, 사방이 막힌 듯한 막막함에 주저앉고 싶을 때도 있겠지. 그럴 때, 도망가지 말고 그 길을 계속 걸으며 어딘가에 있을 희망을 꼭 바라보기를. 꽃은 저마다 피는 시기가 다르니까……. 네가 가야 할 그 길을 묵묵히 가다 보면 언젠가 너의 꽃이 활짝 피어날 거야.

맑은 아저씨를 만나게 해준 내가 아는 유일한 배우 충환, 네 자리를 찾아가는 그 길에서 바라건대, 지치지 말기를! 로함이를 만나게 해 준 멋진 발견가 도원, 아름다움을 발견하는 그 특별함으로 네 주위가 더욱 환해지기를! 때때로 불안과 두려움에 휩싸일 때마다 내 마음에 평안을 주시는 주님, 내가 있어야 할 자리에서 나의 꽃이 하나 둘 필 수 있도록 동행해 주시는 주님께 내 전부를 담은 감사를!

오채

블루픽션 75

그 여름, 트라이앵글

1판 1쇄 펴냄 2014년 6월 10일
1판 6쇄 펴냄 2022년 4월 1일

지은이   오채
펴낸이   박상희
편집   박지은
디자인   김인엽
펴낸곳   **(주)비룡소**
출판등록   1994.3.17. (제16-849호)
주소   (06027) 서울시 강남구 도산대로 1길 62 강남출판문화센터 4층
전화   영업 515-2000 팩스 02) 515-2007 편집 02) 3443-4318,9
홈페이지   www.bir.co.kr
제품명 어린이용 반양장 도서 제조자명 **(주)비룡소**
제조국명 대한민국 사용연령 3세 이상

ⓒ 오채, 2014. Printed in Seoul, Korea.

ISBN 978-89-491-2335-6 44810 ISBN 978-89-491-2053-9(세트)

이 도서의 국립중앙도서관 출판시도서목록(CIP)은 서지정보유통지원시스템 홈페이지(http://seoji.nl.go.kr)와
국가자료공동목록시스템(http://www.nl.go.kr/kolisnet)에서 이용하실 수 있습니다.
(CIP제어번호 : CIP2014017176)

| 블루픽션 시리즈

1. 스켈리그 데이비드 알몬드 글/ 김연수 옮김
안데르센 상, 엘리너 파전 문학상, 카네기 상, 휘트브레드 상, 마이클 L.프린츠 상,
어린이도서연구회 권장 도서, 책교실 권장 도서, 중앙독서교육 추천 도서

2. 운하의 소녀 티에리 르냉 글/ 조현실 옮김
소르시에르 상, 어린이도서연구회 권장 도서

4. 0에서 10까지 사랑의 편지 수지 모건스턴 글/ 이정임 옮김
밀드레드 L. 배첼더 상, 어린이도서연구회 권장 도서

5. 희망의 섬 78번지 우리 오를레브 글/ 유혜경 옮김
안데르센 상 수상 작가, 밀드레드 L. 배첼더 상, 머더카이 상, 아침햇살 선정 좋은 어린이 책,
중앙독서교육 추천 도서, 책교실 권장 도서, 책따세 추천 도서

6. 뤽스 극장의 연인 자닌 테송 글/ 조현실 옮김
프랑스 '올해의 청소년 책', 소르시에르 상, 어린이도서연구회 권장 도서, 열린 어린이가 뽑은 좋은 책

7. 시인 X 엘리자베스 아체베도 글/ 황유원 옮김
카네기상, 내셔널 북 어워드, 마이클 L. 프린츠 상, 보스턴 글로브 혼 북 상, 골든 카이트 어워드,
아침독서 추천 도서

9. 이매지너리 프렌드 매튜 딕스 글/ 정회성 옮김

10. 초콜릿 전쟁 로버트 코마이어 글/ 안인희 옮김
미국 도서관 협회 선정 도서, 뉴욕타임스 선정 도서, 어린이도서연구회 권장 도서

11. 전갈의 아이 낸시 파머 글/ 백영미 옮김
뉴베리 상, 국제 도서 협회 선정 도서, 마이클 L. 프린츠 상, 책교실 권장 도서, 어린이도서연구회 권장 도서

13. 나의 산에서 진 C. 조지 글/ 김원구 옮김
뉴베리 상, 미국 도서관 협회 선정 도서, 어린이도서연구회 권장 도서,
열린 어린이가 뽑은 좋은 책, 책교실 권장 도서

15. 우리 형은 제시카 존 보인 글/ 정회성 옮김
줏대있는 어린이 추천 도서

17. 푸른 황무지 데이비드 알몬드 글/ 김연수 옮김
안데르센 상, 엘리너 파전 문학상, 스마티즈 상, 마이클 L.프린츠 상, 어린이도서연구회 권장 도서

18. 킬리만자로에서, 안녕 이옥수 글
학교도서관저널 추천 도서

20. 기억 전달자 로이스 로리 글/ 장은수 옮김
뉴베리 상, 보스턴 글로브 혼 북 명예상, 어린이도서연구회 권장 도서,
열린 어린이가 뽑은 좋은 책, 교보문고 추천 도서

22. 내 인생의 스프링캠프 정유정 글
세계청소년문학상, 문화관광부 교양 도서, 어린이도서연구회 권장 도서,
교보문고 추천 도서, 학도넷 추천 도서

23. 줄무늬 파자마를 입은 소년 존 보인 글/ 정회성 옮김

아일랜드 '오늘의 책', 행복한 아침독서 추천 도서, 교보문고 추천 도서

25. 파랑 채집가 로이스 로리 글/ 김옥수 옮김

어린이도서연구회 권장 도서

26. 하이킹 걸즈 김혜정 글

블루픽션상, 한국문화예술위원회 우수문학도서, 책따세 추천 도서, 학도넷 추천 도서

27. 지구 아이 최현주 글

제11회 블루픽션상 수상작

28. 나는 브라질로 간다 한정기 글

황금도깨비상 수상 작가, 소년조선일보 추천 도서, 중앙일보 추천 도서

29. 키싱 마이 라이프 이옥수 글

한국문화예술위원회 우수문학도서, 어린이도서연구회 권장 도서, 교보문고 추천 도서,
전국독서새물결모임 추천 도서, 학교도서관저널 추천 도서

30. 꼴찌들이 떴다! 양호문 글

블루픽션상, 행복한 아침독서 추천 도서, 교보문고 추천 도서, 책따세 추천 도서,
경기도학교도서관사서협의회 추천 도서, 중앙일보 북클럽 추천 도서

31. 우연한 빵집 김혜연 글

문학나눔 선정 도서, 학교도서관저널 추천 도서, 책따세 추천 도서, 아침독서 추천 도서,
어린이도서연구회 추천 도서

32. 생쥐와 인간 존 스타인벡 글/ 정영목 옮김

미국 도서관 협회 선정 도서, 국립어린이청소년도서관 추천 도서

33. 두 개의 달 위를 걷다 샤론 크리치 글/ 김영진 옮김

뉴베리 상, 미국 어린이 도서상, 스마티즈 북 상, 영국독서협회 상 수상작,
경기도학교도서관사서협의회 추천 도서, 학도넷 추천 도서

34. 침묵의 카드 게임 E. L. 코닉스버그 글/ 햇살과나무꾼 옮김

스쿨 라이브러리 저널 선정 최고의 책, 에드거 앨런 포 상 노미네이트,
경기도학교도서관사서협의회 추천 도서, 아침독서 추천 도서

35. 빅마우스 앤드 어글리걸 조이스 캐럴 오츠 글/ 조영학 옮김

스쿨 라이브러리 저널 선정 최고의 책, 미국 도서관 협회 선정 최고의 청소년 책,
뉴욕 공립 도서관 추천 도서, 학교도서관저널 추천 도서

36. 서쪽 마녀가 죽었다 나시키 가오 글/ 김미란 옮김

소학관 문학상, 일본 아동문학가협회 신인상, 한국간행물윤리위원회 청소년 권장 도서,
어린이도서연구회 권장 도서, 아침독서 추천 도서, 책따세 추천 도서

37. 닌자걸스 김혜정 글

전국학교도서관담당교사모임 추천 도서, 아침독서 추천 도서

38. 첫사랑의 이름 아모스 오즈 글/ 정회성 옮김

안데르센 상, 제브 상

39. 하니와 코코 최상희 글

블루픽션상, 사계절문학상 수상 작가, 학교도서관저널 추천 도서

40. 파랑 치타가 달려간다 박선희 글

제3회 블루픽션상 수상작, 학교도서관저널 추천 도서, 아침독서 추천 도서,
어린이도서연구회 권장 도서, 책따세 추천 도서, 문화체육관광부 우수교양도서

41. 나는, K다 이옥수 글

학교도서관저널 추천 도서

42. 어쩌자고 우린 열일곱 이옥수 글

한국도서관협회 우수문학도서, 학교도서관저널 추천 도서

43. 앉아 있는 악마 김민경 글

44. 최후의 Z 로버트 C. 오브라이언 글/ 이진 옮김

뉴베리 상 수상 작가

46. 줄리엣 클럽 박선희 글

제3회 블루픽션상 수상 작가, 대한출판문화협회 선정 올해의 청소년 도서,
한국도서관협회 선정 우수문학도서

47. 번데기 프로젝트 이제미 글

제4회 블루픽션상 수상작

48. 똥보가 세상을 지배한다 K.L. 고잉 글/ 정회성 옮김

마이클 L. 프린츠 아너 상

49. 파랑 피 메리 E. 피어슨 글/ 황소연 옮김

미국학교도서관저널, 미국도서관협회 선정 청소년 분야 '최고의 책',
학교도서관저널 추천 도서, 책따세 추천 도서

50. 판타스틱 걸 김혜정 글

제1회 블루픽션상 수상 작가, 대한출판문화협회 선정 올해의 청소년 도서,
고래가 숨쉬는 도서관 선정 도서, 한국도서관협회 선정 우수문학도서,
경기도학교도서관사서협의회 추천 도서

51. 어쨌거나 스무 살은 되고 싶지 않아 조우리 글

제12회 블루픽션상 수상작

52. 우리들의 짭조름한 여름날 오채 글

마해송 문학상 수상 작가, 한국도서관협회 선정 우수문학도서,
국립어린이청소년도서관 추천 도서, 경기도학교도서관사서협의회 추천 도서,
2017 순천시 One City One Book 선정 도서

53. 웰컴, 마이 퓨처 양호문 글

제2회 블루픽션상 수상 작가, 대한출판문화협회 선정 올해의 청소년 도서,
경기도학교도서관사서협의회 추천 도서

54. 초록 눈 프리키는 알고 있다 조이스 캐럴 오츠 글/ 부희령 옮김

미국 내셔널북어워드, 오헨리 상 수상 작가, 경기도학교도서관사서협의회 추천 도서,
국립어린이청소년도서관 추천 도서

56. 메신저 로이스 로리 글/ 조영학 옮김

뉴베리 상, 보스턴 글로브 혼 북 명예상 수상 작가, 경기도학교도서관사서협의회 추천 도서

⊙ 계속 출간됩니다.